WARRIORS

貓戰士 外傳之I

藍星的預言(下)

Bluestar's Prophecy

艾琳・杭特(Erin Hunter) 著
高子梅、羅金純 譯

晨星出版

由衷感謝 凱特・卡里

花尾：琥珀色眼睛，淺玳瑁色母貓。見習生：金掌。

白眼：瞎了一隻眼睛的淺灰色母貓。

豹足：綠色眼睛的黑色母貓。

斑皮：琥珀色眼睛的黑白色公貓。

藍毛：藍眼睛的藍灰色母貓。

雪毛：藍眼睛的白色母貓。

見習生　（六個月大以上的公貓，正在接受戰士訓練）

羽鬚：淡琥珀色眼睛，有著長鬍鬚、像羽毛彎度尾巴的淡銀色公貓。

甜掌：綠色眼睛的白色母貓，帶有玳瑁色斑點。導師：小耳。

玫瑰掌：灰色母虎斑貓，粉橘色尾巴。導師：褐斑。

薊掌：暗琥珀色眼睛，深灰和白相間的公虎斑貓。導師：蛇牙。

獅掌：黃色眼睛的公貓，頸項有一圈如鬃毛般的濃密毛髮。導師：捷風。

金掌：淺薑黃色母貓。導師：花尾。

貓后　（正在懷孕或照顧幼貓的母貓）

豹足：綠色眼睛的黑色母貓。與松星生下小霧、小夜和小虎（琥珀色眼睛，棕色公虎斑貓）。

長老　（退休的戰士和退位的貓后）

草鬚：黃色眼睛，淺橘色公貓。

糊足：琥珀色眼睛，有點笨拙的棕色公貓。

雀歌：淺綠色眼睛，玳瑁色母貓。

各族成員

雷族 *Thunderclan*

族長　**松星**：綠色眼睛，紅棕色的公虎斑貓。

副手　**陽落**：黃色眼睛的亮薑黃色公貓。

巫醫　**鵝羽**：淺藍色眼睛，有斑點的灰色公貓。見習生：羽鬚。

戰士　（公貓，以及沒有子女的母貓）

石皮：灰色公虎斑貓。

暴尾：藍色眼睛，藍灰色公貓。

蛇牙：黃色眼睛，雜色的棕色公虎斑貓。見習生：薊掌。

褐斑：琥珀色眼睛，淺灰色的公虎斑貓。見習生：玫瑰掌。

雀皮：黃色眼睛，體型龐大的暗棕色公虎斑貓。

小耳：琥珀色眼睛，耳朵很小的灰色公貓。見習生：甜掌。

鵪皮：綠色眼睛，胸前有閃電狀白毛的沙灰色公貓。

知更翅：琥珀色眼睛，精力旺盛，胸前有薑黃色班塊，體型嬌小的棕色母貓。

絨皮：毛髮老是倒豎的黑色公貓。

風翔：淺綠色眼睛，灰色公虎斑貓。

斑尾：淺白色母虎斑貓。

捷風：黃色眼睛，白色母虎斑貓。見習生：獅掌。

罌曙：琥珀色眼睛，毛髮很長、尾巴濃密的暗紅色母虎斑貓。

風族 *Windclan*

族長　**楠星**：藍色眼睛、毛色帶點桃紅的灰色母貓。

副手　**蘆葦羽**：淺棕色公虎斑貓。

巫醫　**鷹心**：黃色眼睛，帶有斑點的暗棕色公貓。

戰士　**曙紋**：身上帶有乳白色條紋的淡金色虎斑貓。見習生：高掌。

紅爪：深薑黃色公貓。見習生：波掌。

高尾：黑白色公貓。

長老　**白莓**：體型較小的純白色公貓。

河族 *Riverclan*

族長　**霰星**：毛髮豐厚的灰色公貓。

副手　**貝心**：灰色花貓。

巫醫　**棘莓**：藍色眼睛、有黑色斑點的漂亮白色母貓。

戰士　**波爪**：毛色銀黑相間的公虎斑貓。

木毛：棕色公貓。

鶚毛：毛色棕白相間的公貓。

獺潑：毛色白色與淺薑黃色相間的母貓。

曲顎：下顎歪斜的灰色公虎斑貓。

橡心：琥珀色眼睛，黃褐色公貓。

白莖：淺灰色母貓。

憩尾：淺棕色母貓。

長老　**鱒爪**：灰色公虎斑貓。

影族 *Shadowclan*

族長　**杉星**：腹毛白色、毛色非常暗灰的公貓。

副手　**石齒**：牙齒很長的灰色公虎斑貓。

巫醫　**賢鬚**：有著長翫鬚的白色母貓。

戰士　**鋸皮**：體型龐大的暗棕色公虎斑貓。

狐心：毛色鮮豔的薑黃色公貓。

鴉尾：黑色的母虎斑貓。見習生：雲掌。

蕨足：淺薑黃色公貓，但腿部是深薑黃色。

拱眼：眼睛處有很密的條紋，暗色條紋的灰色公虎斑貓。

冬青花：暗灰白色的母貓。

貓后　**羽暴**：棕色的母虎斑貓。

池雲：灰白色母貓。

長老　**微鳥**：體型嬌小的薑黃色母虎斑貓。

蜥蝪牙：有一根鉤狀牙齒的淺棕色公貓。

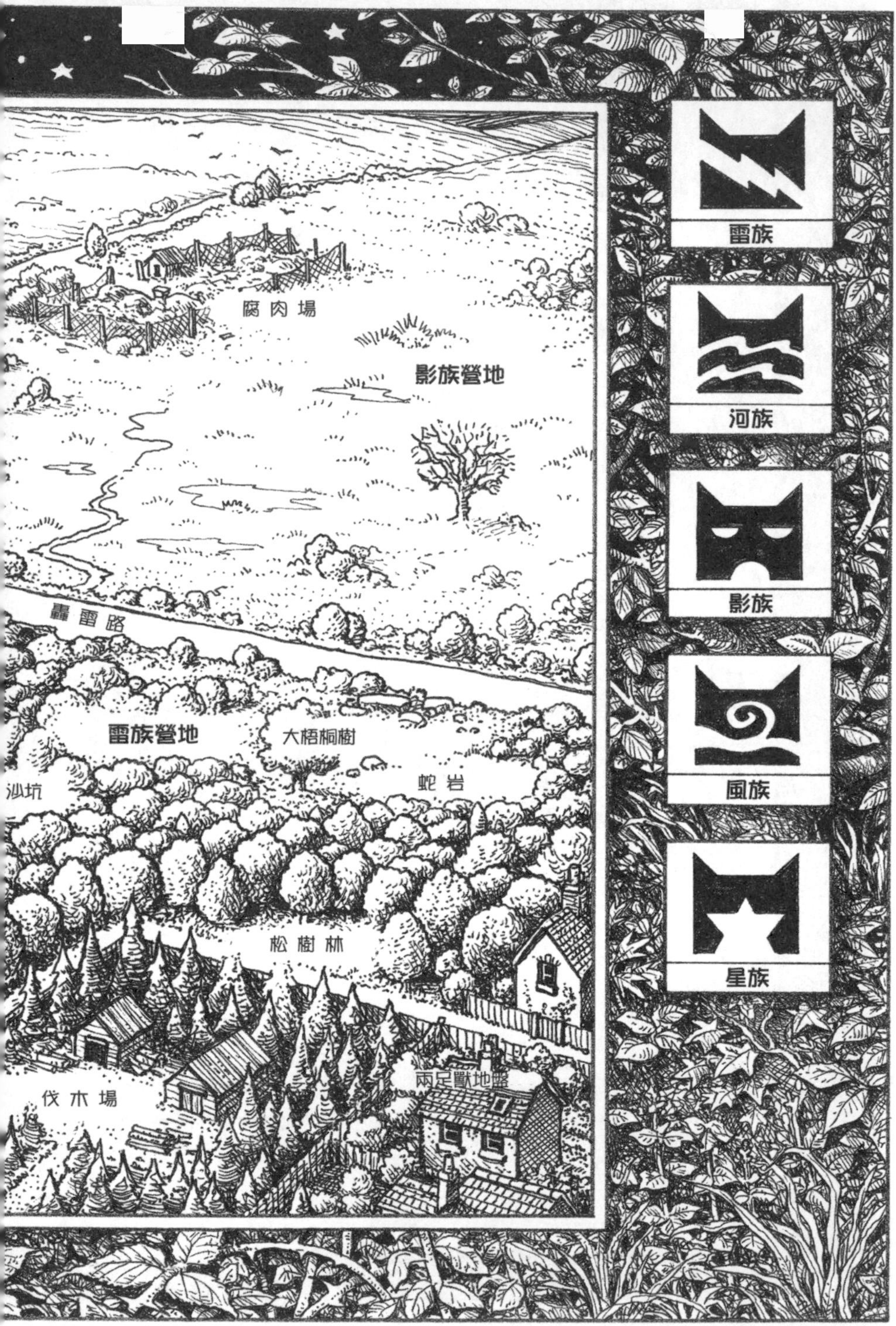
腐肉場
影族營地
轟雷路
雷族營地
大梧桐樹
蛇岩
沙坑
松樹林
兩足獸地盤
伐木場
雷族
河族
影族
風族
星族

高聳岩
大麥的
農場
風族營地
四喬木
瀑布
貓頭鷹
樹
河流
陽光岩
河族營地

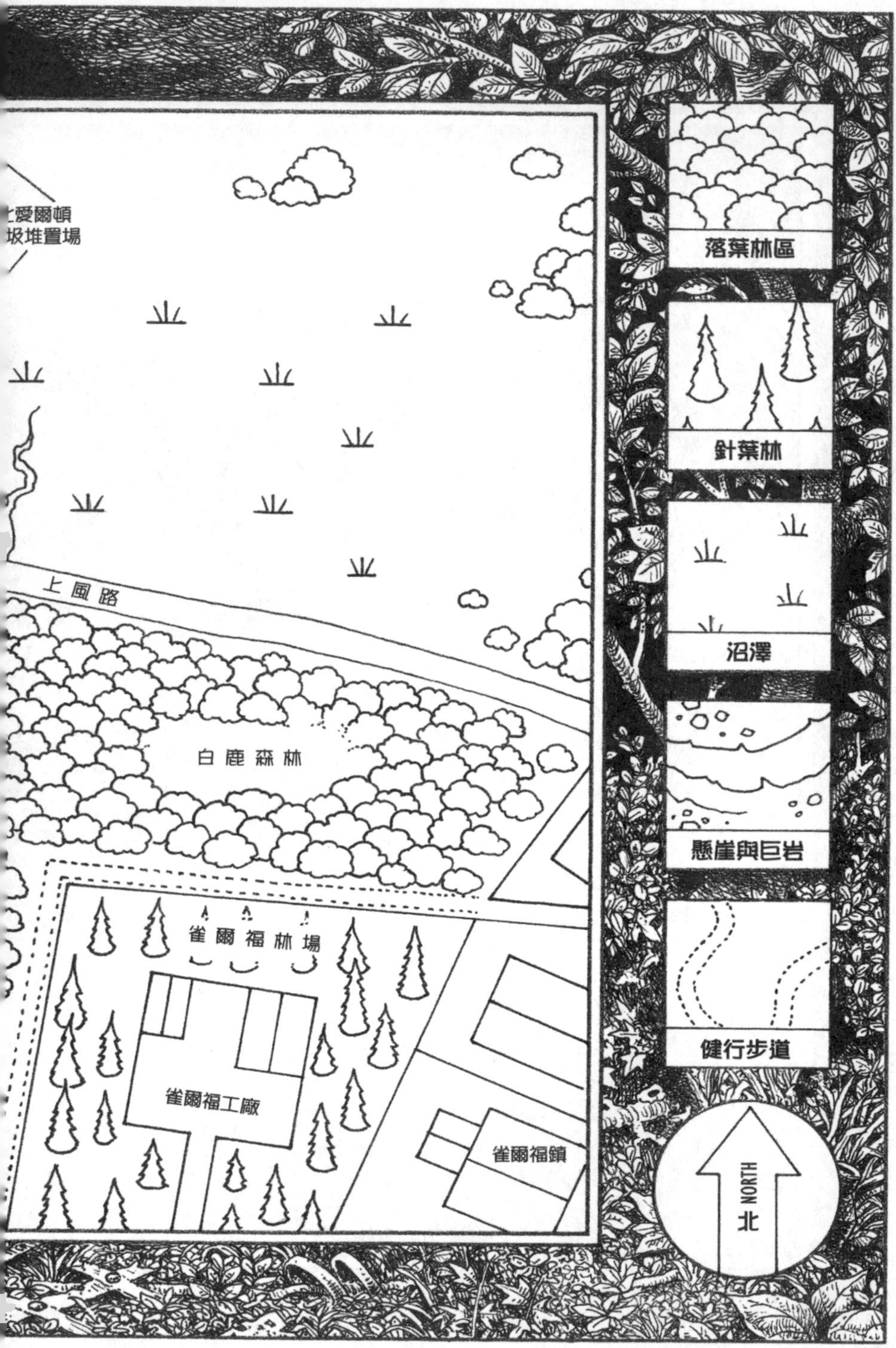
上愛爾頓
圾堆置場
上風路
白鹿森林
雀爾福林場
雀爾福工廠
雀爾福鎮
落葉林區
針葉林
沼澤
懸崖與巨岩
健行步道
NORTH
北

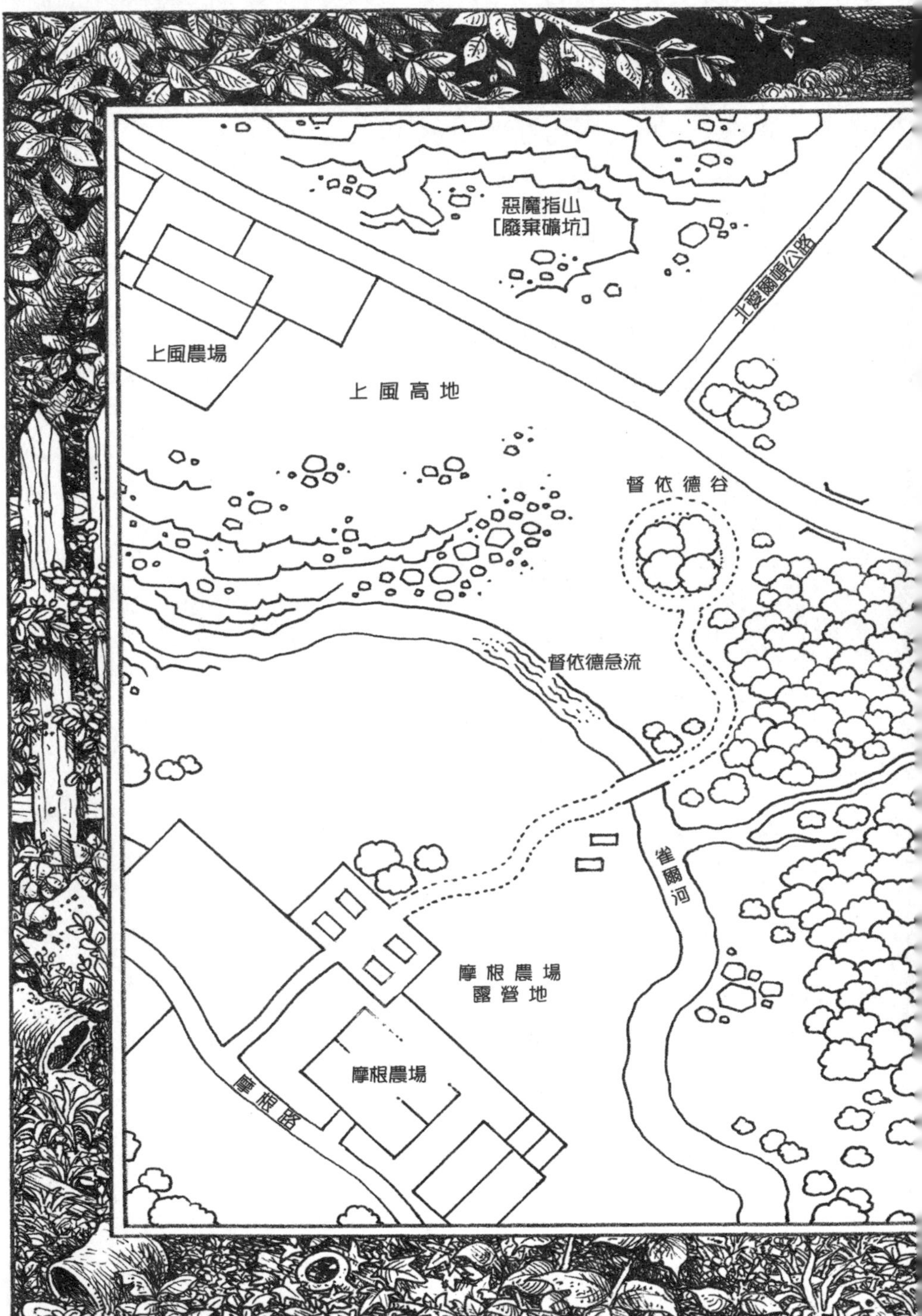
惡魔指山
[廢棄礦坑]
北愛爾頓公路
上風農場
上風高地
督依德谷
督依德急流
雀爾河
摩根農場
露營地
摩根農場
摩根路

第二十章

天還沒亮，一陣刺痛驚醒藍毛，像爪子一樣攫住她的胃。她跌跌撞撞地跑進如廁處，肚子痛到根本聽不見育兒室傳來的微弱哭聲。等她要回戰士窩時，才聽到好像有誰正出聲輕柔地安撫對方。從那聲音研判，羽鬚和捷風應該還在豹足那裡。

空地邊緣有黑影移動，玫瑰掌正躡手躡腳地走出見習生窩。

「嘿！」藍毛嘶聲說道。

玫瑰掌停下腳步轉過身來，黑暗中的眼睛眨呀眨的。她的毛髮凌亂，看起來就像藍毛一樣身體不適。「我要去方便一下。」她沙啞說道。

「肚子痛？」藍毛問道。

玫瑰掌點點頭。「甜掌也在痛。」

一定是她們昨天分食的那隻老鼠有問題。

藍毛爬回自己的窩，躺了下來。睡意再度襲來，只是那痛楚仍斷斷續續。

「不要碰我啦！」雪毛推開她。「妳一整晚都在踢我。」

「對不起，」藍毛呻吟道。「我肚子痛。」

雪毛坐起來，眨眨惺忪睡眼。「要不要我找鵝羽來？」

藍毛搖搖頭。她的肚子絞痛到連說話都很困難。「他一定在忙小貓的事。」

雪毛打個呵欠，又窩回臥鋪。「如果改變主意，就告訴我一聲。」

藍毛眨眨眼睛，在黑暗裡躺了一會兒，盡量不亂動，最後再也受不了，趕緊從窩裡爬出來，穿過空地，要去拉肚子。黎明曙光正在驅走夜色，地平線上覆了一層奶油白的薄霧。空氣清新冷冽，聞起來雖然提神醒腦，卻也令藍毛全身發抖。她在育兒室前豎直耳朵。有個微小的喵聲在尖叫，接著換另一隻在叫。感謝星族！至少有兩隻貓兒熬過了今晚。

藍毛虛弱地離開如廁處，氣喘吁吁地從通道裡出來，卻看見遠處的獅掌正偷偷摸摸穿過金雀花叢隧道。他想離開空地嗎？見習生通常不會這麼早就單獨到林子裡去。她跟在後面，停在金雀花屏障那裡。這裡聞得到松星剛留下來的味道，一定是他帶獅掌出去的。

藍毛轉身走回自己的窩。這麼早帶獅掌出去，實在很奇怪。難道他不願留在營地裡隨時掌握自己小貓的狀況嗎？也許有什麼緊急任務吧。她停在空地上，總覺得不對勁，想要理出一個頭緒。如果這任務這麼重要，為什麼不帶有經驗的戰士去，反而帶獅掌？她搖搖頭，很想搞清楚怎麼回事，卻反而讓自己更頭昏腦脹。她蹣跚爬回臥鋪，不敵睡意，再度沉沉睡去。

睡夢中，她感覺到身邊有戰士走來走去，但她頭才抬起來，肚子又痛了，但已經不再那麼難受。

「妳再多睡一會兒，」雪毛在她耳畔說道。「我會跟陽落說妳生病了。」

藍毛累到無力說話，倒頭又回去睡，但又突然想起什麼。「豹足怎麼樣了？」

「我想她沒事了。」雪毛低聲說道。

藍毛這才安心地閉上眼睛。

她醒來時，窩裡很熱。綠葉季的陽光直曬樹葉，像在炙烤臥鋪。藍毛張口喘氣，爬出窩外，大口吸入新鮮空氣。太陽當空，空地上空蕩蕩的，只看見草鬚在新鮮獵物堆前挑揀食物，罌曙則在見習生窩外走來走去。藍毛覺得胃裡好像吞進一團薊草似地很不舒服，但頭已經不昏了。

她望向育兒室，好奇豹足和她的小貓好一點了沒。這時竟見羽鬚鑽了出來，毛髮凌亂，兩眼無神。

藍毛快步走過空地。「他們怎麼樣了？」她的聲音粗啞。他驚訝地看著她。

「妳還好嗎？」

「肚子痛。」

他嘆氣。「甜掌和玫瑰掌也是。」他停下來和罌曙打招呼。「要我過去看一下她們嗎？」

罌曙一臉歉然地低頭。「我知道你很忙，但我真的很擔心。甜掌痛到幾乎站不起來。」

羽鬚點點頭，快步走進見習生窩。

「小貓怎麼樣了？」藍毛在他後頭喊道。

「都還活著。」他的語調平板。「至少目前還活著。」

藍毛掃了罌曙一眼。「聽起來好像不太有信心。」

罌曙焦慮地看向見習生窩，顯然比較關心自己的孩子，而不是豹足的。

「我也肚子痛，」藍毛告訴她。「不過我現在好多了。」

罌曙扭頭看她。「真的？」

「我們分食一隻老鼠，」藍毛解釋道。「應該是老鼠肉有問題。」

罌曙搖搖頭。「玫瑰掌病得不輕，至於甜掌……」戰士的聲音愈說愈小。

「不會有事的。」藍毛向她保證道。

「她以前從沒病得這麼重過。」

羊齒植物叢一陣騷動，羽鬚從見習生窩裡出來。「現在吃藥草也沒用，得等她們好了才能服用，但記得要補充足夠的水分，去找些青苔，用最乾淨的水浸濕，再給她們喝。」

罌曙點點頭，轉頭往金雀花隧道走去。

「妳還好嗎？」羽鬚問藍毛。

藍毛聳聳肩。「只是肚子痛，還有很疲倦。」

「去找鵝羽要點藥草止痛。」羽鬚瞄了一眼育兒室，眼裡有擔憂的神色。

「小貓有名字嗎？」藍毛問道。

「兩隻母的分別叫小霧和小夜，公的叫小虎。」

「小虎？」豹足選了一個很凶猛的名字。

「在三隻小貓裡，他的體質最虛弱。」羽鬚沮喪說道。「我猜她是希望他能挺過去，才取這個名字。」他的眼神黯淡。「他必須挺過去。」

「豹足還好嗎？」

「她流血過多，不過沒有感染，」羽鬚說道。「只要多休息就能痊癒了。」他看起來很累。

「你都沒睡覺吧？」藍毛問。

他搖搖頭。

「你為什麼不趁現在去睡一會兒？」藍毛建議道。「反正目前營地裡又沒事，瞿曙也在幫忙照顧甜掌和玫瑰掌。」

羽鬚點點頭。「妳去找鵝羽拿點藥草吧，」他提醒她。「這樣我就可以少擔心一個病號了。」他走到高聳岩的蔭涼處躺了下來。

藍毛往羊齒植物隧道走去。為什麼鵝羽不幫點忙呢？為什麼雷族會有一個這麼懶又這麼笨的巫醫呢？她走到隧道盡頭，停下腳步，看見巫醫窩的空地前面清冷又空蕩。

「鵝羽！」藍毛猜他八成躲在窩裡睡覺。

這時突然有兩隻眼睛從岩縫裡往外窺看。藍毛瞬間繃緊神經。那對眼睛又圓又大，眼神狂亂，她一度以為是狐狸偷跑進來。

「鵝羽？」她聲音顫抖地試問道。

巫醫走了出來，毛髮凌亂，眼神依舊狂亂，但因為是白天，看起來沒那麼嚇人。「什麼事？」

「我肚子不舒服，羽鬚要我來跟你拿點藥草吃。昨天晚上我和甜掌、玫瑰掌吃了同一隻老鼠。」

「妳也鬧肚子痛？」他轉動著眼珠子。

藍毛點點頭。

「到處可見凶兆。」

藍毛懷疑自己是不是聽錯了。他回窩裡時，嘴裡仍唸唸有詞，等他出來把一小坨葉子推到她面前時，嘴裡也還在唸唸有詞。

「只是一隻不新鮮的老鼠而已。」她說道，不懂他為什麼這麼大驚小怪。

他傾身過去，惡臭的口氣吐在她臉上。「只是一隻不新鮮的老鼠？」他重覆道。「這是另一個警訊，一定是！我早該看出來。我早該察覺到。」

「怎麼察覺？」藍毛後退幾步。「牠的味道還不錯啊。」現在她終於明白他毛髮之所以這麼凌亂，不是因為一夜沒睡，而是完全沒梳理。他那付邋遢的模樣，彷彿現在仍是禿葉季，很久沒有飽餐一頓。她又退後一步。「只是一隻不新鮮的老鼠而已。」她重覆道。

他一臉不可置信地瞪著她看。「妳……你們為什麼全都……看不出來那些預兆呢？」他呸口道。

「我？」這話什麼意思？

「妳自己本身就有個像老鷹一樣的預言如影隨形地跟著妳。妳是火，只有水才能熄滅妳！妳不能忽視這個預兆。」

「可……可是……我只是個戰士。」難道她也必須像巫醫一樣有通天的本領？這要求太不合理了吧。應該是他來為她解疑，而不是用一些根本聽不懂的宿命論來奚落她。她本來還在好奇鵝羽什麼時候會再跟她提起那個預言，卻沒想到他的言論變得愈來愈離譜。

「只是個戰士？」他的鬍鬚微微顫抖。「有太多凶兆了。三隻貓兒食物中毒，其中兩隻幾乎一命嗚呼，豹足也和死神擦身而過，而她的三隻小貓到現在都還像狐狸窩的兔子一樣生死未卜。」他瞪著她看，但眼神空洞，彷彿她並不存在。「為什麼族長的伴侶貓會難產？這些小貓可能熬不過今天晚上。那隻小公貓虛弱到連叫都不會叫，要怎麼餵他吃奶呢？我應該去幫忙的，可是預兆這麼明顯，我哪可能幫得上忙？」

天啊，他到底在說什麼？藍毛不想拿藥草了，直接扭頭離開巫醫窩。**幾乎要一命嗚呼？**她趕緊衝向見習生窩，甜掌和玫瑰掌真的病得那麼重嗎？

她鑽進冰涼的綠色羊齒植物叢裡，看見姐妹倆正蜷伏在臥鋪上，全身汗濕。

玫瑰掌抬起頭來。「嗨，藍毛。」

甜掌沒有反應。

藍毛走到玫瑰掌的臥鋪旁，舔舔她的額頭。「妳還好嗎？」

「我覺得好多了。」她聲音粗啞地說道。

「罌曙有給妳水喝嗎？」

玫瑰掌搖搖頭。「羽鬚說妳也病了。」

藍毛點點頭。「我已經好多了，所以妳也會很快好起來。」她瞄了一眼甜掌。玳瑁色母貓翻了個身，開始呻吟，但眼睛仍然緊閉。「妳們兩個都會好起來的。」她保證道，也希望這是真的。

羊齒植物叢一陣窸窣，瞿曙鑽了進來，嘴裡叼著還在滴水的青苔。她放一坨在玫瑰掌旁邊，另一坨給甜掌。玫瑰掌感激地舔一舔，但甜掌卻動也不動。

瞿曙用力地舔舔甜掌。「聽話，小乖乖，」她鼓勵道。「起來喝點水。」

甜掌勉強睜開眼睛，聞聞青苔，虛弱地舔一舔，又立刻作嘔，根本吞不進去。

「我去找羽鬚來。」藍毛提議道。

瞿曙搖搖頭。「他在睡覺。」甜掌的眼睛又閉上了，她用尾巴搓搓她。「我來照顧就行了。」她瞄了藍毛一眼。「妳去溝谷那裡吸點新鮮空氣吧。」她建議道。

病貓的味道聞久了，的確令藍毛的胃很不舒服。「好吧。」她低頭鑽出羊齒植物叢，清新的空氣吹在臉上，感覺舒服多了。相信林子裡的空氣應該會更清新才是。她往營地外走去，順道瞄了一眼正躺在高聳岩陰暗處小眠的羽鬚。

她上了溝谷，這段路爬得她氣喘吁吁，全身發熱。清涼的風從林間拂來，令她心曠神怡，心生感激。漫步林間，遠離營地裡的病痛與憂愁氛圍的確讓她感覺好多了。林間鳥兒爭相鳴唱，小蟲在茂密的矮樹叢下嗡嗡作響。她沿著熟悉的小徑走，綠葉輕刷她毛髮，腳下踩著鬆軟的落葉，原本陰霾的情緒逐漸消散，相信星族會庇佑他們的。

前面幾條尾巴之外的地方有隻蝴蝶正撲撲拍打翅膀，迎風前進。突然間，羊齒植物叢沙沙作響，一個龐大的金色身影從綠色植物裡衝了出來。

「抓到你了！」獅掌往蝴蝶一撲，前腳不停拍打，但蝴蝶一閃，沒讓他抓到。「去你的鼠大便！」他四腳落地，眼睜睜看著蝴蝶消失在樹影枝椏間，但還是興奮地兀自耙抓地面，嘴裡咕噥道：「我一定會抓到一隻。」突然他瞄見藍毛。「嗨！」開心招呼。

松星呢？藍毛嗅聞空氣，沒有雷族族長的氣味。她瞇起眼睛。他是和獅掌一起離開營地的。「你在做什麼？」難道松星派他去狩獵？捷風不會納悶自己的見習生上哪兒去了嗎？

獅掌看著她，眨眨眼睛。「做什麼？」他的聲音不太自在，像在自我防衛什麼。「沒什麼啊，我只是沒抓到蝴蝶。」

「松星呢？」她追問道。

獅掌張大嘴巴，又隨即閉上。「松星？」

「你知道的，松星啊，」藍毛試圖用玩笑語氣化解尷尬。「紅棕色的公貓？我們的族長？你今天早上才跟他出去？」

「有嗎？」獅掌不安地蠕動四肢。「我意思是，妳有看見我們一起出去？」

藍毛不希望獅掌以為她在偷窺他們，於是這樣回答：「我去如廁的時候，聞到你們的味道，我只是覺得奇怪，你們怎麼會比黎明巡邏隊還早離開營地。」

獅掌目光閃爍地往林子那邊瞧，不敢正視藍毛。「呃……松星想早一點開始，我是說訓練課程。」

「哦，」藍毛不相信。**訓練你抓蝴蝶嗎？**她繼續追問。「結果呢？」

「很好啊！」獅掌不安地轉著圈圈。「非常好，很棒，松星很棒，他太厲害了。」

藍毛偏著頭。「那他現在在哪裡？」

「他正要回……我……他……他說我不能跟你們說他去哪裡。」獅掌突然閉上嘴巴，驚慌地瞪大眼睛。「我是說，我們去了哪裡。」他低頭看著自己的腳。「對不起，這是祕密。」說完趕緊從她身邊逃開，她感覺得到他緊張到連毛髮都豎了起來。她沒攔他，看著他跑進林子裡。

這時她的舌頭察覺到某種氣味，很熟悉的氣味。她想了一下，究竟是什麼？**貓薄荷！**獅掌的身上有貓薄荷的味道。

所以他們去過兩腳獸的地盤？這就是所謂的「祕密」？她氣結到腳爪微微刺痛。他們見到傑克了嗎？松星不是不准見習生和寵物貓廝混嗎？她立刻拔腿去追獅掌。她必須知道更多實情。松星那番話仍在她腦海裡迴響：**四大部族永遠是彼此的勁敵。**難道雷族族長是因為對部族生活徹底失望，所以情願和寵物貓廝混？他怎麼可以破壞戰士守則？

獅掌正爬下溝谷，她也跟在後面爬下去。

「嘿！」暴尾的吼聲從下方響起。「不要踢石頭下來好不好？」她趕緊煞住腳步，發現原來自己踢了一堆石子下去。「對不起！」她喊道，停下來先等暴尾帶巡邏隊上來。

「下次小心點。」暴尾申斥道。藍毛垂頭等待後頭的白眼、知更翅和鶇皮魚貫通過。

「別自責，」鶇皮低聲道。「我們以前都犯過這種錯。」

等他們一離開，她立刻爬下溝谷，但這次腳步小心多了。她走進空地時，看見獅掌正拿了隻獵物要坐下來。至少他現在落單，這樣就能直接問他：松星有帶他去找寵物貓嗎？

不料這時金雀花叢一陣沙沙作響，松星走進營地。

去他的鼠大便！

雷族族長看起來很鎮定，毛髮光亮，身上有很濃的蕨葉氣味，像剛在新鮮的羊齒植物叢裡滾過一樣。

為什麼呢？

很明顯。為了掩蓋貓薄荷和兩腳獸的味道。

他怎麼可以這樣？看在星族的份上，他是族長欸！

松星直接走向育兒室。

羽鬚在他快抵達時正好出來。「豹足睡著了，」他告訴雷族族長。「小貓也在睡，他們終於喝奶了。」

松星抽動尾尖。「我可以去看他們嗎？」

羽鬚讓開路。「小公貓的體質最虛弱。」他提醒正擠過他身邊，準備鑽進刺藤叢的松星。

罌曙走過來和捷風說話。「也該去看看他們了。」她喵聲道，根本懶得壓低聲量。「還好他的小貓那晚沒死，要不然連父親的面都見不到，就回星族去了。」

捷風搖搖頭。「可憐的豹足，一直問他在哪裡。她會怎麼想呢？」

藍毛低頭看著自己的腳。原來她不是族裡唯一對松星有疑慮的貓，但恐怕只有自己才知道他有多悖離戰士守則。

第二十一章

過了幾天之後，藍毛去找陽落，那時他正坐在高聳岩下方梳洗自己。「我要參加中午的巡邏隊。」她提議道，慶幸自己趕在還沒被派到任務之前就先找到他。

雷族副族長眨眨眼。「妳最近老是自願加入巡邏隊，是怎樣？妳的狩獵技巧全忘光啦？」

藍毛猶豫了一下。她希望他沒注意到她最近老是接下邊界巡邏的任務。因為她很想查探兩腳獸那裡有沒有松星的痕跡。她最近非常留意雷族族長，好奇他每次離開營地後，究竟去了哪裡，心想自己該不該跟上去。截至目前為止，她還沒在兩腳獸那裡聞到他的氣味，她開始懷疑她是不是想太多了。

「我只是喜歡巡邏，」她心虛說道。「不過如果你要派我去狩獵，也行啊。」

「讓妳當狩獵隊的領隊，也許會讓妳比較有興趣。」陽落提議道。

藍毛豎直耳朵。「好啊！」

「很好。」陽落抬起尾巴通知大家。

就在大夥兒集合的時候，藍毛突然緊張到胃很不舒服。她從來沒當過領隊。她知道怎麼帶隊嗎？到哪裡狩獵、追捕什麼獵物、還有獵物量的多寡，都得由她決定嗎？

「又是個好天氣。」蛇牙走向副族長時，這樣說。薊掌跟在後面，現在只要有任何任務能助他往戰士之路邁進一步，他都不放過。其他戰士和見習生也都陸續跟過來。知更翅正舔舔嘴巴，吞下最後一口食物，至於花尾仍在低頭舔洗胸前的毛，顯然早上的梳洗工作還沒完成。

甜掌沒和小耳在一起。她已經連著三天傍晚都躺在臥鋪裡，虛弱到無力動彈、無法進食。瞿曙一直守在見習生窩外，寸步不離。小耳只好幫忙褐斑訓練玫瑰掌，結果這位橘尾見習生多天下來已經連續通過兩場測驗。獅掌看得分外眼紅。

「她會比我早升格為戰士！」他抱怨道。

「她本來就比你早接受訓練。」藍毛提醒他。

她決定還是別找這位金毛見習生探問松星的事。雖然她很想，但也知道萬一她的懷疑是錯的，獅掌一定會覺得奇怪，為什麼她要這樣散播雷族族長的謠言。但如果是對的，這隻年輕的貓也會覺得兩難，不知該忠於族長或朋友。所以還是別問他吧。

「雪毛！」

陽落的聲音突然打斷她的思緒。

「妳今天和鶇皮、褐斑、雀皮還有風翔一起去巡邏河族邊界。」這陣子陽落總是派出陣容浩大的巡邏隊去巡守陽光岩。因為沒有誰敢保證河族會不會再得寸進尺。

「花尾和金掌，你們跟斑尾一起去巡看影族邊界。」陽落瞥了罌曙一眼，後者正兩眼無神地守在見習生窩外。他是不是在想，與其留她在這裡鎮日憂心女兒的病況，倒不如叫她出去巡邏比較好？他的目光終於又回到正在空地上集合的貓群身上。

「蛇牙、薊掌、小耳和知更翅，」他們一聽到名字被點到，立刻站直身子。「你們負責狩獵。」

薊掌翹起尾巴，繞著他的導師轉。

「由藍毛擔任領隊。」陽落補充道。

「什麼？」薊掌瞪著藍毛。

「我剛不是說了嗎。」陽落說完隨即走去找罌曙，留下藍毛獨自面對滿臉懷疑、一身刺蝟毛的見習生。

薊掌歪著頭。「所以我們要去哪裡狩獵？」

「蛇岩。」藍毛直覺想到，脫口而出。

蛇牙冷冷地看著她。「有點危險，」他喵聲道。「不過或許值得一試。已經有長達一個月圓的時間沒去那裡狩過獵了。」

「因為那裡都是豬鼻蛇和狐狸。」薊掌冷笑道。

藍毛的尾巴掃過地面。「你該不會是怕了吧？」她瞪著他看。她才不怕這個見習生呢，即便他的體型比她大。她是戰士，他理當尊重她。她看了一眼知更翅和小耳。「準備好了嗎？」

小耳點點頭，知更翅則伸爪耙著地面，像是等不及了。

「很好。」藍毛領頭往金雀花隧道走去，暗自祈禱她的隊員會跟上來。一直等到走出營地後，聽見後面有腳步聲跟來，她才終於放下心。她率隊爬上溝谷，進入林子。

「我們為什麼要繞遠路？」當藍毛領著他們朝通往蛇岩的溝渠走去時，薊掌這樣問。

「這條路比較不陡。」知更翅喵聲道。「而且地面柔軟，比較好走。」

「是哦。」薊掌咕噥道。

藍毛繼續走著。

「我們為什麼不走那條捷徑？」薊掌跑到前面來，跳上一棵橫倒在地的樹幹。他拿尾巴指著一株茂密的刺藤。

「走那裡，獵物會被我們嚇跑，」藍毛呸口道。他是存心來搗蛋的嗎？每條路都有意見。

「到後面去，薊掌，」蛇牙下令道。「把你的力氣省到狩獵時再用吧。」

薊掌一臉惱色地到隊伍後面。

前方有根樹枝突然窸窣抖動，藍毛立刻停下腳步，蹲伏下來，示意隊員也照做。畢竟路上若能順道抓一兩隻小鳥，也不錯啊。她慢慢匍匐過去，盯著仍在沙沙作響的葉子，窺見裡頭有一隻小歌鶇。

「我們到底要不要去蛇岩狩獵啊？」薊掌突然大聲問道。

受到驚嚇的歌鶇鳥振翅飛進高處樹枝，啾啾發出警告聲響。

他故意的！

「薊掌！」小耳斥責道。「現在所有獵物都知道我們來了。」

蛇牙轉身對他的見習生說：「我們是在為部族狩獵！」他嘶聲道。

薊掌看見蛇牙發怒，趕緊認錯地蹲下來，但還是忍不住得意地偷瞄藍毛一眼。

「走吧，」她吼道。「我們去蛇岩。」

等到他們抵達裸岩區時，她已經想好要怎麼修理薊掌了。她聞聞空氣，清楚記得上次她和雪毛來這裡時，曾被狐狸追過。

沒有新鮮的臭味。

她走向裸岩下方的空地。「你在這裡留守。」她對薊掌下達命令，心想狐狸一定會回來。「如果察覺到什麼危險，立刻警告我們。我們到上面搜捕獵物。」她朝身後高聳的岩面點個頭，接著掃視其他隊員，補充道：「不要忘了，岩縫裡可能有豬鼻蛇。」

小耳和知更翅點點頭。蛇牙看著她，表情莫測高深。藍毛不太習慣對資深戰士下達命令，但既然陽落指派她擔任領隊，她就要盡好本分。

「為什麼是我留守？」薊掌抱怨道。「很無聊欸。」

蛇牙甩著尾巴。「因為你剛剛證明了你今天根本無心狩獵。」

薊掌滿臉不高興地拿腳去拍地上的葉子，但沒敢爭辯。

藍毛心裡一陣得意，隨即跳上岩石，張嘴嗅聞空氣，尋找獵物的蹤跡。小耳消失在矮木叢裡，蛇牙和知更翅則各自沿著不同的路，走上大圓石。

「小心！」薊掌喊道。

藍毛嚇了一跳，轉頭掃他一眼。「怎麼了？」

「沒什麼。」他回報道，伸出前腳，低頭研究地上某樣東西。「只是一隻金龜蟲。」

藍毛沉下臉，轉頭繼續搜尋獵物蹤跡。

老鼠！

她先聞到氣味，然後看見有個黑影在兩座大圓石的夾縫間忽隱忽現。她豎直耳朵，想探查那裡有無蛇出沒的痕跡，於是蹲了下來。沒有！隨即伸爪往縫裡一探，勾出那隻老鼠，迅速宰殺，往下扔到薊掌旁邊。

「看好牠，別偷吃了。」她告訴他。

薊掌憤怒地瞪她一眼，但她不理他，逕自爬到岩石頂端。

「有蛇！」薊掌的叫聲嚇得藍毛趕緊轉身，探頭查看下方動靜，身處高處的她，只覺天旋地轉，爪子緊緊抓牢岩面。

薊掌故作無辜地抬看她。「喔，對不起，」他喵聲道。「我把蕨叢裡的小耳尾巴看成蛇了。」

藍毛氣得毛髮豎直，轉身繼續狩獵。她聞到兔子的味道。大圓石上方散落了一地的新鮮兔屎，這讓她想起見習生之間常說的一個老笑話：可以騙小貓說這些是新鮮的莓果，要他們吃下去。她尋著氣味往蛇岩頂端一處草葉茂密的邊坡走去，悄悄穿過岩石，匍匐前進，緊張到連鬍鬚都不敢抽動。

前方的灌木叢底下，有個白色的東西正在抽動。

藍毛繃緊神經，擺好狩獵姿勢，小心前進。她先長吸了一口氣，這樣一來，肚皮就不會因為上下起伏的呼吸而碰到地上的草葉。兔子的味道令她口水直流。

「小心！」薊掌又大叫一聲。這隻鼠腦袋這次又在玩什麼把戲？藍毛不理他，誰都阻止不了她抓這條兔子。

可是牠竟往灌木叢深處跳進去。

藍毛跟上，小心翼翼地把頭鑽進草葉裡。牠在那裡，正在啃灌木上的嫩芽。藍毛張開爪子，尾巴定住，往前一躍。

她直撲兔子，趁牠還沒反應過來，張嘴一咬，兔子身體抽動一下，然後又動了一下，最後一命嗚呼。藍毛把牠從灌木叢裡拖出來，得意洋洋牠的重量可觀。這下可以餵飽長老們和豹足了。

「狗來了！」薊掌突如其來的大叫，幾乎穿透她的耳膜。這次他的嗥聲中帶有驚懼，藍毛被他嚇得毛髮倒豎，因為她已經聞到狗的惡臭味，也聽到幾條尾巴距離以外的林地上傳來隆隆作響的巨大腳步聲。嘴裡仍叼著兔子的她，立刻跳上附近一棵樹幹，學松鼠一樣往上爬，她頸部的肌肉因為承受獵物的重量而繃得死緊。樹下的狗跳起來一陣猛咬，她趕緊抬起尾巴，在千鈞一髮間，躲過牠的利嘴尖牙。藍毛往更高處爬，爪子不斷抓鑿樹皮，趴在樹幹上狂吠的狗兒，被從天而降的木屑灑得整臉。這時她隱約看見附近另一棵樹上有知更翅的棕色身影。

「薊掌！」蛇牙喊道。

「在上面。」那個聲音從與她一樣高度的水平方向傳來。藍毛猜見習生應該也安全地躲在樹上了。她想查看小耳是否無恙，但只要她一喊，兔子一定會掉下去。還好蛇牙已經開口在喊小耳，小耳也應聲回答，聲音聽起來氣喘吁吁，但肯定沒事。

「我沒事！」

「藍毛？」現在蛇牙在喊她的名字了，但藍毛緊緊咬住兔子，無法回答。她要怎麼下去？這隻狗絕對不會放過樹上的貓和兔子。想必血腥味已經挑動牠的感官神經。

突然一隻兩腳獸出聲大吼，那條狗頓了一下。兩腳獸又吼了一次，牠才懊惱地回叫兩聲，最後嗚咽地將兩腳放回地面，垂頭喪氣地走了。

藍毛的下顎被兔子的重量拉扯得很酸痛，但一直等到兩腳獸和狗的聲音都消失了，她才混身發抖地一步步慢慢爬下來。她四腳落地，爪子像著了火一樣疼痛，但顧不了痛的她，趕緊走回蛇岩頂。

「藍毛！」

她的隊友不斷繞著下面的空地走，焦慮呼喚她的名字。

她飛快跳下岩石，把兔子丟到他們腳下。「對不起，」她氣喘吁吁地說道。「我剛才沒辦法回答你們。」

知更翅眼睛發亮。「抓得好啊！」

「妳沒聽見我的警告嗎？」薊掌生氣地質問道。「我喊了好久，那隻狗還在林子裡，我就聽見牠的聲音了。」

「我有聽見！」藍毛厲聲回答。她不願承認自己故意不理會他的警告。「但我能怎麼辦？

我嘴裡咬著兔子啊。」

小耳快步走到一棵白蠟樹的樹根處，從枯葉堆的縫隙裡挖出一隻麻雀。蛇牙也走上蛇岩，從兩座大圓石之間的夾縫裡掏出一隻剛被宰殺的地鼠。

「我的老鼠呢？」藍毛問薊掌。現在她的心跳速度已經平緩下來，四隻腳也不再顫抖。她想重新拿回領導權。

「別擔心，很安全。」薊掌回嘴道，兩眼發亮。他把地表的土鑿開，挖出老鼠。

「要回營地了嗎？」知更翅問道。

藍毛點點頭。她拾起兔子，帶頭往溝谷方向走。

當她經過薊掌身邊，剛好聽見他在嘀咕抱怨。「幹嘛叫我留守啊，反正你們也不聽我的警告。」

「你一喊，我就往樹上爬了。」小耳反駁道。

「別抱怨了。」蛇牙示意要他的見習生快點走。「我們都逃過了一劫。」

「而且我們的獵物都保住了啊。」知更翅補充道。

等他們快抵達溝谷時，兔子的重量已經扯得藍毛的頸子又酸又痛。她盡量不拖著牠在地上走，但隨著營地的接近，兔子拖在地上的時間也愈來愈長。她等不及想把牠放到獵物堆裡。他們抵達溝谷邊時，薊掌乾脆跑到隊伍最前面，率先奔下崖頂。藍毛跟在他後面，叼在嘴裡的兔子搖搖晃晃地害她行動很不靈活。

「你們聽！」薊掌突然在她前面煞住腳步，害她差點撞上他，沾了滿臉的兔毛。

「怎麼啦？」她蒙嘴說道。

薊掌豎直耳朵，毛髮也豎得筆直。「有聲音。」

其他隊員也在藍毛後面停下來。

「我也聽見了。」知更翅嘶聲道。

蛇牙嗅聞空氣，藍毛也轉頭去看來時路。「是那條狗！」他警告道。「牠又回來了。」

小耳旋身一轉。「牠是追著兔子的味道來的。」

溝谷頂端的林地傳來隆隆的腳步踩踏聲，落葉四濺，樹枝應聲折斷。那條狗正朝他們奔來，速度飛快。

「不能讓牠找到我們的營地。」蛇牙吼道。

藍毛可以想見那條狗在營裡橫衝直撞的景象。到時豹足的小貓一定逃不掉。她放下嘴裡的兔子。「我把這隻兔子拿到溝谷頂，放在那裡，或許就能阻止牠繼續跟上來。」

「好主意。」蛇牙點頭。「小耳，你快回去警告部族，要戰士們嚴守入口，以防那條狗繼續追下來。」

小耳領命跳開。藍毛拾起兔子，擠過隊員身邊，暗自希望這隻獵物能引開那條狗。

「不行！」薊掌憤怒吼道，她當場愣住。「是我們抓到那隻兔子，不可以給牠。」說完立刻跳開藍毛身邊，消失在溝谷頂。

「薊掌！」蛇牙追在他後面，也跟著爬上纍纍圓石。

藍毛將兔子丟在知更翅腳下。「如果那條狗過來，就把這兔子留在這裡，或許可以阻止牠。」說完，立刻去追蛇牙，她跳上圓石，剛攀上溝谷頂，便看見那條狗從矮樹叢底下衝出來。薊掌一夫當關，弓起背，尾巴的毛豎得筆直。那條狗朝他撲來，他立刻抬起前爪，狠狠掃向對方口鼻，又往牠眼睛一劃，血濺林地。

那條狗發出痛苦哀號，隨即又跳回來，凶狠地露出尖牙，再次撲上來。這一次，薊掌突然轉向，鑽進牠下方，扭身，後爪用力一耙。那條狗氣得怒聲一吼，但薊掌早就料到，他撐起後腿，抬起血光熒熒的前爪往那條狗的口鼻不斷猛揮，一拳接一拳，直到那條狗開始倒退。

「快滾回去找你的兩腳獸吧！」薊掌嘶聲喊道，同時又揮出一拳，這次雖然沒擊中牠的下顎，卻意外劃破鼻子。那條狗當場尖聲哀號，轉身逃進林子。

蛇牙瞪大眼睛。「多虧星族保佑！」他低聲道。

薊掌得意洋洋地瞪著他的導師。「牠不敢再來偷我們的獵物了。」

藍毛眨眨眼睛。她從沒見過如此無畏的膽量，即便很愚蠢。薊掌用肩膀頂開她，走了過去，她退後一步，沒有吭聲。暴尾、陽落和松星都緊張地豎直頸毛，站在溝谷底。他們驚訝地看著薊掌從崖頂跳下來。

「那條狗跑了。」他上氣不接下氣地大聲說，然後經過他們身邊，往金雀花隧道走去。

藍毛拾起兔子，跟了上去。當薊掌接受族裡貓兒的歡呼時，她只是默默地將兔子放在獵物堆上。

「他差點就把牠的鼻子割下來了。」蛇牙吹捧道。

「牠體型有多大？」罌曙低聲問。

「比獾還要大。」薊掌說。

糊足和草鬚從斷樹那頭走了過來。

「他和一條狗單挑？」糊足倒抽口氣。「自獅族以來，還沒有誰敢這麼做過。」

松星跳上高聳岩。「族貓們！」他喊道。「我覺得這時候賜戰士封號給薊掌，再適合不過了。」

族貓們全都歡呼表示同意。

松星從高聳岩跳下來，走到空地中央與薊掌會合。「請上前一步，年輕的公貓。」

「我們的準戰士。」風翔驕傲地低聲說道。

罌曙回頭看了見習生窩一眼。甜掌憔悴地探出頭來，當她發現是自己的哥哥時，眼睛不禁一亮。**她以後也會得到戰士封號。**藍毛悲傷地想道。她看著甜掌羸弱地鑽出蕨叢，蹲在窩外的地上，不停發抖，她不免擔心。

松星抬起口鼻。「從這一刻起，你將更名為薊爪。星族以你的膽識和格鬥技巧為榮。雷族永遠記得你今日的英勇作為。歡迎你加入雷族全能戰士的行列，為部族報效盡忠。」他用鼻頭輕抵薊爪的額頭。

薊爪驕傲地環顧族貓，雪毛立刻衝到他身邊，口鼻緊緊抵住他，發出快樂的喵嗚聲。

藍毛刻意壓下自己的脾氣。薊爪的琥珀色目光非常不可一世。他這算什麼戰士啊？他是很勇敢，他也證明了這一點，但她很擔心。戰士不應該自滿。過度自信是很危險的，對他的族貓和他自己來說都很危險。

陽落走到獵物堆，把一塊塊的獵物丟給貓兒們。「不趁這時候大肆慶祝，要等什麼時候啊。」他喵聲道，同時將兔子丟給草鬚。

長老的眼睛立刻一亮。

雀歌推推他。「希望你別自己獨吞。」

捷風拿了一隻黑鳥去育兒室給豹足吃，過了一會兒才又回來找蛇牙和花尾。族貓們都在盡情享用大餐，一邊聽長老們談古說今，直到月亮高掛夜空。最後松星打個呵欠，站了起來。

貓兒們立刻安靜下來，族長放眼環視空地。

「我以我的部族為榮。」他開口道。

藍毛瞇起眼睛，薊爪的戰士大典已經結束，這不像松星平常的作風，竟然會有感而發。

「謝謝你，也謝謝你們大家。」他垂下頭，轉身離開，消失在族長窩裡。

聽起來好像在向大家告別。她暗中聽見雀歌告訴糊足，松星只剩最後一條命了。也許這就是為什麼族長的語氣會這麼感傷。從現在起，每一場戰役都可能成為他生命裡的最後一仗。

藍毛站起身，她的脖子又在痛了，只好回窩裡睡覺。雪毛已經進來，正在臥鋪上轉來轉去。薊爪蜷伏在她旁邊的地上。他明天就會為自己做個臥鋪。藍毛哼了一聲，心裡早猜到他會把臥鋪放在哪裡。她全身發抖，想念妹妹的溫暖毛髮。以前雪毛總愛挨著她睡，用那一身蓬鬆的白色毛髮為她驅寒，而今晚卻盡往薊爪那裡靠。藍毛嘆口氣。如今他都搬進戰士窩了，看來以後是擺脫不了這傲慢的傢伙了。雪毛就算想找隻伴侶貓，也好歹挑隻她看得順眼的啊。

第二十二章

「她醒不來，她醒不來！」

嚳曙的驚恐叫聲，劃破仍在沉睡的營地。

藍毛立刻衝出臥鋪。

甜掌！

她一衝進空地，便看見眼神狂亂的嚳曙，直覺知道玳瑁色的見習生一定是死了。

「我怎麼舔她、搖她，她都不肯睜開眼睛！」貓后痛苦地哭號。

藍毛鑽進見習生窩，蹲在甜掌旁邊，這時族貓們也都紛紛從窩裡出來，在拂曉曙光下眨著惺忪睡眼。藍毛把口鼻探進前室友的毛髮裡，感覺到她身體的僵硬和冰冷，心不禁一沉。以前她也遇到同樣情況——可是再多盼望都喚不回月花的生命。

「甜掌，」她低聲喚她，知道她再也聽不見她的聲音。「甜掌。」憂傷模糊了她的雙眼，她用下巴緊貼甜掌的腰腹。

蕨叢沙沙作響，羽鬚鑽進窩裡。藍毛抬起

頭來，看著巫醫見習生。「她死了。」

「她回到星族的家了。」羽鬚低聲說道，口鼻抵住藍毛的額頭，彷彿正在揣摩她心裡的想法。「月花會照顧她的。」

她眨眨眼睛。「可是甜掌還不是戰士。」她輕聲道。「她能加入星族嗎？」

「當然可以。」羽鬚喵聲道。「她在部族裡出生，星族當然歡迎她。」

可是我們再也不能一起狩獵了。

羽鬚輕輕推她。「妳到外面等，好嗎？」他喵聲道。

藍毛鑽出蕨葉叢。晦明的曙光下，貓兒們的眼睛閃滅不定。

罌曙看著她，發出沉痛的聲音。「她死了，對不對？」

玫瑰掌坐在母親旁邊，看到藍毛點頭承認，只能緊緊貼著母親。

薊爪也過來了，他的尾巴拖在地上。「我可以進去看她嗎？」他問道。

罌曙用尾巴輕輕碰了一下他的額頭。「當然可以，我的孩子，願你妹妹一路好走。」

薊爪消失在窩裡，這時玫瑰掌看看她母親。「她走的時候，妳在她身邊嗎？」

「我那時睡著了。」罌曙難過地說不出話來。「醒來的時候就發現她聞起來味道……」她似乎在尋找適當的字眼，「不太一樣。」

藍毛懂她的意思。她到現在都還記得她母親屍體的味道，那是一種死亡的氣味，就算靠薰衣草和迷迭香也掩蓋不了。

育兒室外面傳來很小的喵叫聲。她的目光隔著貓群，看見一隻很小的公虎斑貓坐在空地邊緣。

陽落走上前去和小貓打招呼。「嘿，你是小虎？」

那隻小貓沒看他，反而兩眼直瞪著悶悶不樂的貓群，尖聲問道：「發生什麼事了？」

「甜掌死了。」陽落表情嚴肅地告訴他。

小虎偏著頭。「她是戰士嗎？」

「小虎！」捷風從育兒室裡跳出來。「你到外面做什麼？」

「我想知道為什麼大家都醒了。」小虎回答道。

捷風舔舔他的頭。「我看得出來你以後一定是一隻很好奇的貓。」她瞥了陽落一眼。「他以前是三隻小貓裡體質最弱的，現在卻是最強壯的。」

「我才不是最弱的。」小虎張開粉紅色的小嘴，憤慨地抗議。

「你當然不是，小東西。」捷風叼起他的頸背，把他帶回育兒室，騰空的四隻小腳一路上踢呀踢的。

鵝羽從羊齒植物隧道裡出來。「發生什麼事了？」

瞿曙用責備的眼神瞥他一眼。「甜掌死了。」

鵝羽嘆口氣。「當星族召喚時，就連最厲害的巫醫也束手無策。」

羽鬚從育兒室裡出來。「鵝羽說得沒錯，」他喵聲道。「我們已經盡力了。」

「羽鬚，我們能有你，真是幸運。」花尾喵聲道。沒有貓兒願意為鵝羽說話。

藍毛心裡一寒，清楚知道族裡的貓早就對老巫醫失去信心。白眼腳掌扎到刺時，是找羽鬚求助。捷風現在要是擔心豹足的小貓有什麼問題，也都是去問巫醫見習生。

藍毛看了鵝羽一眼，對方好像沒注意到花尾意有所指，他兩眼失焦，腦袋裡似乎在想其他事情。如果沒有貓兒肯再相信鵝羽，她又為什麼要笨到去相信他的預言呢？

花尾身子緊挨罌曙。「我來幫妳準備為甜掌守夜的事。」她低聲道。

罌曙眨眨眼。「好吧，」她站起身來。「我去拿迷迭香。」

藍毛轉過身。她不忍看見又有一隻貓兒回到星族。這時她感覺到陽落的口鼻輕觸她肩膀。

「跟我來。」他命令道。「我要帶一支黎明巡邏隊出去，」他朝獅掌點頭示意。「你也一起來。」

玫瑰掌上前一步。「我可以去嗎？」

「當然可以，」陽落伸出尾巴，輕撫憂傷的見習生。

「褐斑！」他示意玫瑰掌的導師。「去叫捷風一起來。」

藍毛腳步沉重地跟著副族長和其他隊員步出隧道，但能暫時離開悲傷的貓群，著實讓她鬆了口氣。他們剛爬上溝谷頂，正要往林子走去，陽落就來到她身邊。

「我知道甜掌的死讓大夥兒都很傷心，」他低聲說道。「但部族還是要生存下去，邊界還是必須巡守，獵物堆也必須補充。」

藍毛覺得心情沉重，彷彿被許多塊石頭壓著。可是陽落說得沒錯，不管心裡有多痛，都得負起保護部族的責任。因為其他貓兒還在傷心難過。

巡邏隊慢慢穿過林子，捷風緊挨玫瑰掌而行。他們就快走到陽光岩的邊界，一路上都沒說話。太陽已經從地平線上升起，慘白的陽光滲進林子。鳥兒已經離巢，在林間啼唱。藍毛真希望牠們閉上嘴巴。**別鼠腦袋了！**她告訴自己。**牠們怎麼可能知道甜掌死了，又怎麼可能在乎呢？**

「等一下！」陽落的嘶聲嚇得她前腳停在半空中，動也不敢動。

雷族副族長嗅聞風中的空氣，背上的毛豎了起來。「河族！」

藍毛掃視森林邊緣的林子，看見陽光岩在曙光下閃閃發亮。河族的味道正飄過邊界，比以前來得濃烈。

「你們看！」捷風立刻蹲下來，眼睛盯著刺藤叢外一處草葉茂密的高地。「他們越過邊界了。」

藍毛瞄見一條油光水亮的尾巴，接著又看見另一條，她氣結到毛髮豎得筆直。她的舌頭舔聞到強烈的魚腥味。枝葉沙沙作響，河族巡邏隊在矮木叢裡鬼鬼祟祟地移動。

「我早料到！」陽落咆哮道。他壓低身子，將橘色毛髮隱身在蕨葉叢裡，並向獅掌示意。「回去通報營地，告訴松星我們的領地被入侵了！河族戰士故意越過邊界。我們不能善罷干休，請松星立刻派支戰鬥隊伍過來。」

獅掌點頭，立刻轉身，擠過藍毛和褐斑身邊，循原路往溝谷走去。

「我們退回去！」陽落壓低聲音，對其他隊員下令道。他快步走回濃密的羊齒植物叢裡，巡邏隊緊跟在後，蹲伏在蕨葉間。藍毛滿腔憤怒，這是雷族的領地，為什麼要躲起來？

「等後援部隊一到，我們就攻擊。」陽落低聲說道。

河族巡邏隊走進刺藤叢裡，行動笨拙。藍毛聽見有隻貓正暗聲咒罵，可以想見一定是被刺扎到。畢竟他們不習慣這種樹叢和荊棘茂密的環境。

希望他們的腳步能被拖慢！她暗自祈禱，腳下爪子也已經出鞘。她想從葉縫間探看到底有幾個河族戰士。他們的目的地是雷族營地嗎？河族的臭味嗆得她皺眉。「他們在做氣味記號！」她怒氣沖沖地對陽落說道。「而且是在我們的領地上。」

河族巡邏隊正在刺藤叢裡費力行進，走的方向和溝谷相反。

「他們在盤算什麼？」玫瑰掌問道。

陽落推想了一下。「他們的隊員數量不夠多，不可能攻擊營地——就算想攻擊，恐怕也走錯路了，這得感謝星族的保佑。我猜他們是想偷襲巡邏隊。」

「為什麼？」藍毛很想理解河族怎麼會派這麼少的戰士入侵，還妄想有所斬獲？

「他們想證明森林這一邊屬於他們的。」

「休想！」藍毛很想衝出矮樹叢，直接撲上河族巡邏隊，但只能強忍住。她知道這麼做太莽撞，而且沒有意義。她怎麼可能單挑整支巡邏隊？可是她不是像火一樣可以燃燒整座森林嗎？也許她應該學薊爪攻擊狗那樣直接行動。她閉上眼睛，在腦海裡複習陽落教過她的所有格鬥技巧。

陽落八成感覺到她的蠢蠢欲動。「等別的隊伍一到，我們立刻攻擊。」他允諾道。

後方蕨叢窸窣作響，鶇皮鑽了出來。「我們已經看到河族巡邏隊，」他回報著。「但對方沒看見我們，他們被樹叢裡的刺搞得手忙腳亂。」

陽落暗自發笑。「我想他們在雷族領地裡，一定覺得很不習慣。」

「我們應該選在矮樹叢最密集的地方和他們一較高下。」鶇皮建議道。

「可是那種地方不是比較難攻擊嗎？」捷風質疑。

「對我們來說是有點難，但對他們來說就更難了。」他看了鶇皮一眼。「你帶了誰來。」

「暴尾、薊爪、絨皮、雪毛、風翔和斑皮。」鶇皮回報道。「其他隊員則守在溝谷頂，以防河族衝破我們的防線。我們不確定河族來了多少戰士。」

陽落瞇起眼睛。「我們的兵力多到夠趕走他們了。」

薊爪擠到前面來。「我們不應該只是趕走他們，」他咆哮道。「而是應該狠狠教訓他們一頓，免得他們忘得太快。」

「只要讓他們知道我們的實力，下次想入侵前，就會先三思了。」陽落指正道，然後轉頭對暴尾說：「我們兵分三路，你帶一支隊伍從高地那裡痛宰他們。」他指著河族貓似乎正要前往的那處斜坡。「你帶斑皮和捷風過去，負責展開第一波攻擊，等到他們被趕下來，我們再從兩邊夾擊。風翔？」

灰色虎斑戰士抬起下巴。「有！」

「你和絨皮、鶇皮、薊爪待在這裡。當你聽到暴尾的信號時，立刻展開攻擊。」他繼續說道。「我帶藍毛、雪毛、玫瑰掌和褐斑從另一側攻擊。通往邊界的那條路則保持淨空，讓他們有退路可逃。」

「我們應該殺個片甲不留，讓他們一個都逃不了。」薊爪嘶聲說道。

陽落瞪著他。「戰士不一定得靠流血來贏得勝利。」

他鑽過蕨叢，藍毛和雪毛緊跟在後。陽落帶著她們往溝谷的方向走去，然後再沿著另一條路繞回來，這時河族戰士還在刺藤叢費力穿梭。

藍毛聽見其中一個戰士說：「這地方這麼爛，要它幹嘛啊？」

「這樣河族的獵物才會更多，雷族的獵物就會更少啊。」回答的是河族副族長貝心。「別抱怨了，我們繼續走。」

藍毛看著下方的矮樹叢。現在的風向對雷族有利，因為它將河族的氣味吹往暴毛的巡邏隊那裡。河族往上坡走去，這時藍毛看見蕨葉叢微微動了一下，風翔的隊伍已經埋伏就緒，作好準備，隨時等待暴尾一聲令下。

河族巡邏隊個個看起來都很強悍。藍毛齜牙低吼。**看來我們得多加把勁兒**。他們終於從刺藤叢裡脫身出來，身上沾滿了刺，平貼耳朵，鬼祟爬上高地，突然貝心用尾巴示意，豎起頸毛，隊伍立刻停下來。

「我聞到雷族了。」她出聲警告。一個叫木毛的棕色河族戰士張嘴嗅聞空氣。「這氣味很新鮮。」他身後的戰士小心翼翼地回頭張望。「也許……」

木毛根本沒機會把話說完。

暴尾一馬當先地撲上貝心，以大吼聲作為攻擊信號。捷風和斑皮跟著衝上來。木毛撐起後腿，貝心壓低身子躲開攻勢，其他戰士也都立刻轉身，瞪大眼睛。風翔的隊伍則趁這時候從另一側衝出來。

「我們上！」陽落放聲一吼，衝了上去。

藍毛跟著往前衝，攻擊河族戰士的後方。她認出毛髮銀黑的波爪，利爪一伸，毫不客氣地戳過去，設法抓牢他那油滑的身體。波爪奮力甩掉她，立刻轉身，撐起後腿。藍毛根本沒時間從地上爬起來，直接滾到旁邊，在千鈞一髮之際躲過對方的撞擊。結果波爪的爪子只戳到刺蔓，劃破腳掌，張口咒罵。

藍毛趁機伸爪劃過他腰腹，他立即轉身，貼平耳朵，回掌反擊，她本來想低頭閃過，可是波爪速度之快，一拳揮上她口鼻，劇痛瞬間傳來。她跌倒在地，用腳按住流血的鼻子。這時一個白色身影奔到她旁邊。雪毛撐起後腿，開始揮拳連番猛攻波爪。

太好了！藍毛不禁想起她們以前也曾這樣連手打敗曲顎，所以這次一定也會贏。

藍毛也在妹妹旁邊撐起後腿，猛攻對方。波爪不敵，連連後退，被趕進刺藤叢裡，卻被刺藤勾住腿，絆倒在地，被刺扎得哀哀慘叫。藍毛和雪毛前腳落地，開始連手猛咬對方。

波爪驚慌失措，好不容易從刺藤裡掙扎脫身，向前一跳，轉過身來。但雪毛和藍毛還在攻擊。雪毛猛往他腹側咬，波爪扭身想要回擊，藍毛卻從另一側攻他。他憤怒地尖嗥，躍過她們的背，逃進林子裡。

「打敗一個了。」雪毛趾高氣昂地說道。

「還有得打呢。」藍毛旋身一轉，嗅聞空氣。她聞不到曲顎或橡心的味道。**這樣也好，不是嗎？他們兩個都是勇猛的戰士，我可不希望在打得筋疲力竭之後，還得迎戰他們。**

這時有個河族戰士被風翔追過來，藍毛低身閃過，只聽見那名戰士一路慘叫，逃進林子裡。鶇皮緊抓獺潑不放，兩名戰士一起從藍毛腳邊滾了過去。鶇皮用後爪狠耙對方後背，獺潑出聲討饒。

暴尾瞄準一名河族見習生，狠狠揮出一拳，見習生應聲跌飛進同夥當中，撞上兩隻貓兒，蹣跚搖晃，暴尾索性跳上他們，伸出前爪猛戳其中一隻，再用強而有力的後腿將另一隻踢飛。

「快打啊，你們這些膽小鼠！」貝心破口大罵自己的戰友，藍毛則趁這時撲向她，跳上她的背。

「妳以為我們好欺負嗎？」藍毛嘶聲罵道，尖牙往河族副族長的肩膀一咬。

貝心回以利爪，扣住藍毛，用力一扯。藍毛扭到前腳，厲聲哀號，但爪子仍勾在貝心的毛髮裡。她痛得趕緊掙脫，轉過身來。

木毛卻乍然出現眼前。

藍毛忍住疼痛，撐起後腿，奮力對抗這隻魁梧的棕色公貓，雪毛也從後面拉扯他，張嘴戳進他的頸背。他翻倒在地，藍毛立刻猛撞他腹部，力道大到連他腹腔的氣都被擠爆出來。木毛嚇得倒抽口氣，扭著身子，趕緊掙脫，逃向河族邊界。

這時突然一聲尖叫劃破空氣。

「玫瑰掌！」藍毛立刻衝進刺藤叢，連跑帶滑，毫不費力地穿梭於矮木枝葉間，再從另一頭衝出來。她看見玫瑰掌被兩個河族戰士圍困在一棵橡樹的樹根處。

「有本事就找個頭一樣大的貓兒單挑啊！」藍毛吼道，說完立刻撲上大公貓的背。

「河族就愛以大欺小！」雪毛也在她後面尖聲叫罵。藍毛將大公貓扳倒在地，她的妹妹則拿利爪戳進另一隻公貓的毛皮，把他拖開，不准他再去騷擾已經失措的雷族見習生。

藍毛滿嘴都是河族的貓毛，好不容易呸掉，放聲喊道：「攻擊他的肚子！」玫瑰掌立刻衝將過來，用利爪痛擊這隻公貓，公貓痛到身子扭曲，藍毛根本抓不住他，只好放手。那隻公貓厲聲一吼，揮拳往玫瑰掌猛擊，但見習生速度很快，低身閃過，公貓只刮破樹皮。

「沒有水，動作就遲緩了嗎？魚臉？」藍毛奚落道。公貓嘶聲吼叫，朝她衝來，但玫瑰掌卻鑽進他下方，害他失去平衡。雪毛將另一隻公貓摔進矮木叢裡。他的戰友蹣跚站了起來，面對三隻嘶聲作響的母貓。藍毛看見對方神色惶恐，不禁得意洋洋。她們步步進逼，他只能往樹根處退。

「你認為你打得過我們三個嗎？」雪毛挑釁道。

「可以試試看啊。」玫瑰掌吼道。

「妳們看他一付鼠腦袋的蠢樣。」藍毛很想上前攻擊，但還是強忍住這股衝動。他根本寡不敵眾，兩三下就可以擊敗他。

這表示我們得讓他走。

她對戰友釋出眼神，暗示她們。雪毛點點頭，讓出一條路，河族戰士毫不猶豫地立刻從中間鑽過去，逃向邊界。

藍毛從刺藤叢裡出來，正好看見陽落後腿一踢，一名河族戰士應聲滾落地上，她趕緊閃到旁邊，才沒被撞上。

「撤退！」貝心大吼一聲，其他隊員迅速轉身，逃離現場。但他們的副族長卻停下腳步，眼裡凶光一閃。「陽光岩還是我們的。」

「但你們休想拿走我們的林子。」陽落吼聲回道。

情緒亢奮的藍毛一直將那群鬥敗的戰士追到邊界為止。

新葉季的河水不深，河族貓兒奔過河面，濺起水花，薊爪朝著逃之夭夭的他們大聲喊道：「總有一天，我們會再拿回陽光岩的！」

陽落抬起頭來，他有隻耳朵破了，鮮血滴落面頰。「打得好！」他環視戰友。「有沒有誰重傷？」

藍毛這才想起自己的腳扭傷了，腳掌陣陣抽痛，而且腫得厲害。不過雖然痛，還是可以等回營裡再處理。

「只有一點刮傷。」鶇皮回報道。

「獺潑咬了我一口。」斑皮埋怨道。「看來這幾天，我滿身都會是魚腥味了。」

藍毛驚見雪毛的白毛沾有血漬。「妳還好嗎？」她嚇得倒抽口氣。

雪毛看著身上的血跡。「這不是我的血。」

藍毛這才鬆了口氣，抬起尾巴，拍拍雪毛的耳朵。

「短時間內，他們不敢再回來了。」

暴尾卻還看著那條河，眼神陰沉。「他們一開始就不該嘗試入侵，」他咆哮道。「他們已經有了陽光岩。」

「走吧，」陽落輕快說道。「我們回營地報告吧。」

藍毛跟著妹妹走進林子裡。她豎起耳朵，無意中聽見暴尾在向陽落低聲嘀咕。「他們一定會再回來。」他咆哮道。「我們拱手讓出陽光岩的時候，就已經尊嚴盡失了。」

「那是松星的決定。」陽落平靜地說道。

「也許吧。」暴尾嘶聲道，「但他至少也應該出來應戰吧。」

「是啊，咦，松星怎麼沒來？」陽落喵聲道，彷彿現在才注意到族長沒來。「他為什麼沒率隊出來？」

暴尾聳聳肩。「你最好自己問他，因為大家都不知道他在哪裡。」

藍毛又像以前一樣感到不安。松星一定有什麼問題，而且問題很大。

第二十三章

當巡邏隊一路縱隊穿過金雀花隧道抵達營地時，陽落便立刻對著等候的族貓宣布道：「我們已擊退他們了！」

蛇牙緩步趨前。「領土已經沒有河族的蹤跡，」他報告道：「我們都徹底搜索過了。」

「謝謝你們。」陽落鞠躬致謝。

藍毛漫不經心地聽著他們的談話，將目光停駐躺在空地中央的甜掌，她那削瘦的小小身軀上。罌曙和花尾順了順她的毛髮，並幫她將腳掌安然收妥於身體下，如同族貓為月花所做的一樣。戰勝的欣喜即刻被悲痛的情緒淹沒，藍毛呆站著，直愣愣地望著玫瑰掌輕步走過，依偎在姊姊身旁。薊爪抬頭挺胸走過去，在甜掌的耳間做了最後的舔舐。「守夜過後，我會幫妳將她埋葬好。」他對罌曙低聲說。

羽鬚帶著一堆藥草從巫醫窩緩緩走來，鵝羽蹣跚地跟在後頭。羽鬚將藥草擱在鵝羽的腳掌上。「你把這些嚼成泥，然後我負責檢查傷勢？」他對著導師輕聲說話的態度，有如對待一個虛弱、不安的長者。

鵝羽專注地凝視育兒室，似乎沒有聽到他的話。

羽鬚將藥草稍稍挪近些。「我們需要很多紫草泥。」他提醒著，並望著歸來的巡邏隊說：「大家看上去都傷痕累累的樣子。」

鵝羽眨了眨眼，應和道：「紫草？」

羽鬚點點頭，腳掌輕拍著藥草。鵝羽眨眨眼，接著，身子一彎，開始嚼起草葉。羽鬚敏捷地穿梭在傷者之間，首先檢查薊爪的傷勢。「這道抓痕很深。」

「這沒什麼。」薊爪聳聳肩。「我一點痛的感覺都沒有。」

「傷口感染時，你就會感覺痛了。」他轉身對著鵝羽說：「我們有帶艾菊來嗎？」

鵝羽嗅著所有草葉，並點點頭。

「到鵝羽那裡去，」羽鬚告訴薊爪：「請他在你傷口上擦些艾菊。」羽鬚看薊爪有些遲疑，便低頭望向甜掌的屍體。「如果你想幫忙埋葬妹妹的話，就必須先把傷口治好。」

薊爪點頭鞠躬後，走過去找巫醫。

羽鬚接著檢查雪毛。「到河裡好好把身體洗乾淨，」他建議道：「妳身上全是河族的血腥味，用舔的恐怕會讓妳想吐。」

「魚！真是噁心！」雪毛渾身顫抖地奔出營地。

當羽鬚一靠近，藍毛便舉起她扭傷的腳掌讓他診查。羽鬚皺了皺鼻頭。「這傷口會很痛，」他感同身受地說：「不過只要妳好好休息，很快就能復原了。」

藍毛雖然疼痛至極，但看到薊爪表現得如此英勇後，她也不想把痛表現出來。

「跟鵝羽要些紫草泥，」羽鬚吩咐道：「它能舒緩疼痛。」

「謝謝。」藍毛一瘸一跛地走到巫醫身邊，心裡納悶著他是否正惦記著預言的事，並且趁著這場仗的機會，來評斷她的實力。她雖沒有威震整座森林，但表現已算不錯了。

鵝羽帶著異樣的眼神看著她，並在她面前拿出一坨藥草泥。

「那是紫草嗎？」藍毛想確認。

「不然腳掌扭傷還能有別的藥嗎？」

這陣子總是很健忘的他，怎麼還會記得她需要的是什麼呢？藍毛把藥泥塗在腳掌上。

「松星！」陽落的喵嗚聲讓她急忙轉過身來。

雷族族長正緩緩從金雀花隧道走來。

花尾和罌曙站在甜掌旁邊向上望去，蛇牙抬起頭，暴尾半瞇著眼。全族陷入一片沉默，陽落跨步向前，斑斑血跡的耳朵在晨光中閃爍著。

「你到哪裡去了，松星？」雷族副族長問。

松星沒有正面回答。「你們贏了嗎？」

陽落點點頭。「我們已把那些魚臉傢伙遠遠擊退到河的另一邊去了，雖然他們還占有陽光岩，但是我們一定會再把它奪回來。起碼這段時間他們再也不敢越界半步了。」

暴尾從喉嚨發出一聲低吼。

「很好。」松星喵了一聲後，接著放輕腳步穿過空地，攀上高聳岩。「所有能夠自行狩獵的成年貓都到這裡集合，我有事情宣布！」

藍毛看看玫瑰掌，露出一臉疑惑。不是應該讓陽落先報告這次戰役的情況嗎？

獅掌慢步走到她們旁邊，但卻只低頭盯著自己的腳。該不會是因為錯過這場仗，他在生悶氣吧？

不，獅掌不會生悶氣。他有話會直說。藍毛感覺一股寒顫直衝脊椎而下。從追捕蝴蝶事件後，她便一直有所猜疑，而且愈來愈強烈。獅掌一定知道族長的事。

松星低頭望著他的族貓。他們一動也不動，只是好奇地看著他。松星一臉倦態，呆滯的眼神中透露出悲傷。藍毛挨著空腹傾身向前。

「雷族族貓們，」松星開口說，他的聲音迴盪在安靜的空地上，直至字字句句隱沒山林岩間。「我不能再擔任族長了。從現在起，我將離開雷族，在兩腳獸的地盤和主人一起生活。」

空地四周一整片豎直的毛，空氣中瀰漫著緊張氣氛。

暴尾噘起嘴，「你要去當寵物貓？」

陽落不敢置信地看著他，「為什麼？」

蛇牙將爪子狠狠戳進地裡。

「你怎能這麼做？」在女兒屍體旁的罌曙突然脫口而出，瞪大眼睛看著他。

松星低下頭，「長久以來能為各位效力，我感到很榮幸。不過，我將以寵物貓的身分來度過餘生，在那裡沒有所謂的戰事紛擾，也沒有生命需要仰賴我去餵哺和保護。」

「懦夫！」蛇牙貼平耳朵。

松星移動腳步，「我已經將八條命獻給了雷族。雖然每一條命都是我心甘情願奉獻的，但我還沒準備賠上這第九條命。」

草鬚從蕁麻叢邊呼喊道：「還有什麼比為雷族犧牲生命還要光榮的事？」

「你將會與星族同在，」鼯曙用尾巴撫摸甜掌的毛髮，「並和死去的族貓們分享舌頭。」

松星嘆了口氣，說道：「我保證，我這麼做是為了雷族好。」

「你這麼做全是為了你自己。」暴尾咆哮道。

獅掌跨步向前，他的雙腳因怯怕說話而顫抖，模樣有如看到影族戰士般驚恐，不過他還是毅然抬高下顎。「我們真的會想要一個沒有領導意願的族長嗎？」他排除眾議說道。

藍毛注視這隻年輕的貓。他不僅有勇氣，或許還是對的。她若是當上族長，一定會很樂意將星族所賜予的九條命全部奉獻給雷族。她會想要一個無法全心奉獻的族長嗎？族貓們會想要嗎？在她周圍的戰士紛紛竊竊私語，投以飛兔之快的目光看著松星，彷彿他們已不再認得他。

松星緩步走到高聳岩邊緣，看起來好像準備要跳下去。「陽落將會好好帶領你們，星族會明白的。」他喵聲說。

「但其他部族也許不會懂，」陽落警告著：「你可能因此再也無法返回森林。」

松星裝出一副氣惱的頑皮神情，說道：「呃，我可以想像他們會如何說我，每位族長可能會在戰士守則多加上一條：所有真正的戰士都應該不屑寵物貓安逸的生活。陽落，我相信你可以領導雷族，讓它和以往一樣強大。我身為族長的最後一件任務就是將部族交到你手裡，而且我對你很有信心。」

陽落點頭應允：「我很榮幸，松星。我一定會全力以赴。」

松星從平滑的灰岩一躍而下，望著他的部族。雖然他的眼神沒有絲毫恐懼，不過藍毛心裡想，他應該正猜想族貓是否會放下攻擊，讓他安然離開。畢竟，他現在是寵物貓了。

陽落跨步向前，以尾尖碰觸松星側腹。「你是個好的領袖，松星。」他喵聲說。

雀歌帶著哀傷的表情，踏著僵硬的步伐來到族長面前說：「我們會想念你的。」

白眼將尾巴圍在腳掌上。「陽落一定會是個好族長。」她邊宣告，邊尋求認同。

貓群間交雜著窸窸窣窣的認可聲音，然而暴尾和蛇牙還是一派冷酷的沉默。正當松星最後一次在族貓間穿梭前行，薊爪卻退卻不讓他接近。藍毛對他不尊重的態度感到一陣忿忿不平。

他真認為當寵物貓就跟得了綠咳症沒什麼兩樣？

還是他是對的？放棄族長這個職位就形同背叛，絕不可原諒。

松星一步步接近他們，最後停在獅掌旁時，藍毛忍住退後的衝動。

「謝謝你。」松星低聲說。

獅掌點點頭。

「你說得對，」松星繼續說：「我必須親自告訴族貓們。要是換成其他方式的話，對他們、對你都不公平。你很有氣魄，小傢伙。等到你被授予戰士名的時候，請告訴陽落，我要將你命名為獅心。」

藍毛昂起頭。所以獅掌早就知道松星的計畫，而他因為要效忠族長，所以一直守著這個祕密。這一點實在令她很佩服。

豹足站出來，「松星，我們的小貓怎麼辦？你不留下來看他們長大嗎？」她對著身旁的三隻小貓點點頭。剛才一聽到松星的宣布，她馬上連哄帶騙地將他們帶出育兒室。

那兩隻小母貓眼神呆滯、無精打采地攤臥在地上。而小虎蓬鬆毛髮下的肩膀已甚是寬厚有力，他猛撲向父親的尾巴。

松星輕輕地將他拖開，接著說：「他們有妳就已經足夠了，豹足。我雖然不是個值得讓他們驕傲的父親，不過我永遠以他們為榮。特別是你，小戰士。」他說完後便彎下身，用鼻頭磨蹭暗棕色小虎斑貓的耳朵。

小虎抬起頭，瞪起大大的琥珀色雙眼，露出小小的利齒，直對著他咆哮。

「要勇敢，我的寶貝兒子。」松星輕聲說：「要好好效忠部族。」

他點點頭，接著輕步踏入金雀花隧道，消失在盡頭。

眾貓有如受到驚嚇的一群烏鴉，掀起一陣嘶號。

「我們沒有族長了！」焦急的斑尾豎起淡白色虎斑毛。

「現在陽落就是我們的新族長啊！」褐斑提到。

「但他還沒得到星族的祝福。」雀皮憂心地說。

陽落躍上高聳岩說：「我了解各位的恐懼，」他大聲喊道：「今晚我會到月亮石一趟。」

鵝羽直視著他，目光閃爍著驚恐，「星族是絕不會答應的！」這毛髮蓬亂的老巫醫顫抖著，「松星早應該先在夢境中告知他們這件事。在松星沒有依照規矩卸下族長位子之前，你如何獲得九條命？」

他。」

藍毛聽到後頭的蛇牙咕噥道：「鵝羽是不是早該想想退休的事了。」

草鬚回嘴：「噯！年輕小伙子，說話客氣點。他好歹也為部族效勞了大半輩子，別這樣說他。」

雀歌正蠕動著身體尋找舒服的姿勢，在地上發出沙沙的聲音。「我來跟他說。」她小聲地說：「我看看可不可以說服他加入我們這一窩，現在羽鬚已經能獨當一面了。」

「而且還比他更稱職呢！」知更翅嘶聲說：「羽鬚老早就獨自擔起雷族巫醫的大部分工作了，我們早就不應該再聽那邋遢且疲態百出的老傢伙的話了！」

「閉嘴！」褐斑惡狠狠地低聲說道：「放尊重點！」

站在空地中央的羽鬚走向前，「陽落，我跟你一起去月亮石。」

眾貓開始竊竊私語。藍毛猜想羽鬚是否已聽到長老們議論著要請鵝羽放下職務，一起和他們同住在殘樹枯枝下的事。老巫醫高高豎起毛髮，只能站在原地空瞪眼。或許由他的見習生正式接下所有責任，對他來說也算是一種解脫吧。

「我們的祖靈絕不會在這艱困的時候離棄我們，」羽鬚繼續說道：「要對祂們有信心。」

陽落對著年輕的巫醫見習生點點頭，「對！我們有信心！一定要有信心！」他承諾道。看著他尾巴來回甩動的姿態，藍毛心想，他或許有著如縱身躍入深淵、但腳卻觸不及底的感覺吧。不過陽落依舊發出堅定的喵聲：「我們一定會讓祂們了解，雷族現在正需要一位領袖。羽鬚說得沒錯，星族絕不會棄我們於不顧。」

藍毛緊緊偎著雪毛，「但願他是對的。」她小聲說道。

第二十四章

隔日黃昏，藍毛為了和雪毛分享捕到的田鼠，在找尋她的途中差點絆到在蕁麻叢旁打瞌睡的薊爪。

他徹夜守著甜掌屍體，玫瑰掌和罌曙在旁邊一同哀悼，並在天亮前將她埋葬好。

叼著田鼠的藍毛正小心翼翼地繞過薊爪，避免打擾到這個沉睡中的戰士，「他婉拒一切幫忙，堅持要自己來。」雪毛小聲地對藍毛說：「他真是個忠心的兄弟。」

「這妳以前就說過了。」藍毛喃喃說道，努力避開姊妹夢幻般的眼神。她下定決心**絕不要像鴿子求愛似的，對任何一隻貓表露愛慕之意**。

貓兒們在空地邊緣以舌頭相互梳理毛髮。藍毛沐浴在涼爽的晚風中，新葉季的烈陽漸漸沒入山谷頂端，她感到一陣心神舒暢。陽落和羽鬚今天就會從月亮石歸來，但她可一點也不羨慕他們這一路熱烘烘的旅程。如果一切順利的話，他們應該很快就會回來，而且準是又餓又渴。

她坐起身，想去看看是不是還有像樣的新鮮獵物留給他們，此刻金雀花隧道前已傳來石礫啪啪沿著山谷滾落的聲響，蛇牙爬起身，帶著企盼的眼神，注視著營地入口。暴尾張大嘴巴，吞下最後一口老鼠，舔一舔嘴巴。雀歌豎起雙耳，正襟危坐。

趁著陽落和羽鬚一前一後慢慢走進營地前，藍毛嗅了一下陽落身上的氣味。

斑尾第一個開口：「星族怎麼說？」她站起身，劈頭便問。

陽落緩步穿過空地，登上高聳岩。所有目光全集中在這隻橘色戰士上，他神態自若地站在灰色岩石上。「族貓們，」陽落開口：「星族已經認可我族長的地位，並賜予我九條命。」

族內迸出一陣歡呼。「陽星！陽星！陽星！」他們在漸暗的天色下呼喊著。

「陽星！」藍毛也跟著高興地歡呼，替她這位前導師感到萬分驕傲。接著，她被一件事吸引住了目光，啪一聲闔上嘴巴。

為什麼鵝羽沒有加入歡迎陽星的儀式？

巫醫坐在高聳岩下方，陰鬱的眼神掃視著每張貓的臉。當他那交雜著冷漠與熱切的目光移到她身上時，藍毛只是眨眨眼，旋即又加入歡呼的行列。

陽星甩動尾巴，對下方的其中一隻貓示意：「褐斑，你願意當我的副手嗎？」

這隻淺灰色虎斑貓點頭鞠躬：「這是我的榮幸，陽星。我願意盡心為你效命，為部族效忠。」

玫瑰掌用肘部輕推導師，眼神裡透著光芒。此刻暴尾亦對著新的雷族副族長點頭表示敬意。

「恭喜。」在蛇牙發出一聲低沉的喵嗚後，眾族貓隨即加入他的行列，喵聲響徹了整片空地。

「今天還有一件事需要我以族長的新身分來執行。」族貓們仰著頭等陽星宣布。

「玫瑰掌對抗河族的英勇表現已經足以獲得戰士之名。」這隻年輕的虎斑貓彈彈尾巴，瞿曙趕緊跑到她身邊，開始為她梳理毛髮。雖然風翔滿是驕傲地看著女兒，不過藍毛還是可以從他眼神中看出些許的悲傷，甜掌原本也可以在今晚成為一名戰士的。

陽星站在高聳岩等著玫瑰掌走到空地中央，「玫瑰掌，從這一刻起，妳的名號為玫瑰尾。星族將以妳的智慧與忠誠為榮，歡迎妳成為雷族的全能戰士，為部族效忠。」

玫瑰尾鞠躬，任眾貓不斷呼喊她的名字。

褐斑走向前，用鼻頭在她的雙耳間蹭了蹭。「我真為妳感到驕傲。」他輕聲說。

陽星再度開口：「雖然雷族育兒室有小貓，戰士窩裡也戰力充足，但我們有時會面臨困難，這也是不爭的事實。儘管河族朝我們邊界逼近，寵物貓危及我們的獵物，不過森林的食物豐足，族貓沒有挨餓的顧慮。我發誓一定讓雷族和古老的偉大部族一樣強大，今日的雷族將會與虎族、獅族齊名。我們的戰士各個忠誠、精良有膽識，無須害怕敵人的環伺。我們擊敗過他們，未來他們仍舊會是我們的手下敗將。讓我帶領各位走向一個雷族受各方景仰的新時代，一個再也沒有任何貓敢越雷池一步的時代。」

他什麼時候會去奪回陽光岩？藍毛的爪子戳進泥地。她倒要看看當他們趕走那群狡詐、狐狸心腸的東西時，那傲慢的橡心臉上會出現什麼表情。

眾貓沙沙掃動尾巴，腳爪不停在地上抓磨。「陽星！陽星！」部族內歡聲再起。陽星的下顎高高昂起，毛髮在月光中發出微光。他任由族貓盡情呼喊，高漲的喵聲響徹了林間。

他讓族內的焦慮轉為希望，藍毛希望能以他為榜樣，想像自己居高臨下，俯瞰族貓的那一刻，他一定感受到無上權力的滋味。突然間，藍毛感到一陣口乾與昏餓襲來。

她身旁的薊爪依偎著雪毛，在她耳邊窸窸窣窣說話。藍毛豎起耳朵，使勁想聽他說什麼。

「終有一天我一定也要站在那裡。」年輕的戰士嘶聲說：「就像這樣對著族貓講話。」

在雪毛發出咕嚕聲鼓勵他的同時，藍毛高高聳起背脊上的毛。**我一定會比你早一步站在那裡！**

ϟϟϟ

「鶇皮！」褐斑正忙著召集巡邏隊。破曉前昏暗的天光籠罩著營地。「你帶斑尾、絨皮、白眼、藍毛去巡視河族的邊境。暴尾、知更翅、薊爪到影族邊境巡視。」

暴尾點點頭後，便帶領著巡邏隊朝金雀花邊界去了。

鶇皮抽動觸鬚，傾身挨近藍毛，「但願雪毛能耐得住沒有薊爪在身邊的時刻。」他喵聲說。

藍毛用尾巴將他掃開。全部族該不會都在說雪毛和薊爪的閒言閒語吧？為什麼她的妹妹要這麼明目張膽呢？

「對不起。」鶇皮跟上前，「我以為妳會覺得好笑。」

「我不覺得這有什麼好笑。」藍毛忿忿地說。

鶇皮垂下尾巴，帶領巡邏隊往河族邊界前行。藍毛為自己訓斥他的事感到有些愧疚，這隻沙灰色戰士雖然只是開開小玩笑，但讓他愈早知道她不喜歡別人這樣揶揄她的姊妹愈好！

「沒有氣味！」鶇皮站在邊界前，辨識著空氣中的味道，「我們重新留下氣味作記號後就回去。」

從幾處被踩得稀爛的刺木叢和沿途斑斑血跡中，不難看出先前廝殺的激烈戰況。

「你認為他們會故技重施嗎？」斑尾大膽地問。

鶇皮搖頭，「我覺得那群骯髒的毛球學乖了。一旦陽星取回陽光岩，邊界就會好守很多。」

「你覺得他有辦法嗎？」藍毛問。

「希望有，」鶇皮應答說：「要不然各部族根本不會把我們放在眼裡。」

藍毛邊聽他說話，邊望著樹林後方平滑、映著粉紅晨曦的岩石。岩石上空空蕩蕩，即便在暗處也不見任何河族戰士蹤跡。藍毛掃視遠方，同樣連個貓影也沒有。她到底在找什麼？猜想曲顎或橡心會潛伏在灌木叢，暗暗計劃下次的攻擊行動？

那兩隻戰士是否會因為錯過這場仗，而感到沮喪不已？她可以想像自大如薊爪的橡心，會如何在自己的族貓面前吹噓，**要是他加入戰局**，河族肯定是不會吞下敗戰等等的話。

「藍毛？」鶇毛的喵喊聲讓她回過神來。「我們該走了。」其他巡邏隊成員已經開始沿著樹林步行回去，鶇皮停下腳步，回頭看著她。

「知道了！」藍毛快步跟上他們。

到了營地，她的肚子已餓得咕嚕咕嚕作響。昨天所獵得的新鮮食物還堆放著，她真想品嚐那鮮美多汁的田鼠。

「藍毛！」雪毛喊住她。這隻白色戰士穿過空地，趕忙跑到她跟前。刺眼的晨光灑落在她剛梳理過的毛髮身上。

藍毛嘆了口氣：「什麼事這麼急？我正準備去吃東西。」

「跟我一起去狩獵，」雪毛哀求道：「如果妳已經有巡邏的經驗，就可以到外面獵食啊。」她睜著大大的眼睛，滿心期望地看著她。即便飢腸轆轆，藍毛還是無法拒絕她的請求。**至少森林裡的獵物是溫熱的**。若是她不陪雪毛去，肯定就是薊爪跟著去。

她隨著妹妹走出營地，當來到山頂時，藍毛已經等不及要捕獵了。樹葉被暖和的微風吹得沙沙作響，所有獵物在林間蠢動。藍毛幾乎已經忘了寒冷是什麼樣的感覺，她努力去想像禿葉季時在雪地中顫抖、呼出團團白煙的景象。不過這似乎遙不可及。現在只感覺綠葉季彷彿會這樣無止盡地延續下去。

「我們該從哪裡開始獵食？」她問雪毛。

雪毛聳聳肩。

「我以為妳想要狩獵。」

「應該算是吧。」

藍毛輕蔑地哼一聲。她妹妹愛幻想的程度似乎更加嚴重了。她走進林中，決定將雪毛拉回現實的世界，「妳喜歡陽星當我們的領袖嗎？」

「當然。」雪毛回答。

「不過感覺每件事都變了，」藍毛喃喃道。她鑽進一株刺木叢，用尾巴頂住枝葉，讓雪毛也進來。「松星走了，鵝羽比狐狸還瘋癲，年紀比我們輕的甜掌也死了！」

雪毛嗅一下垂掛在道路旁的淡藍色花朵。「不過永遠會有新生命誕生啊。」她溫柔地喵聲說。

藍毛眨眨眼，「妳在說什麼？」

她的妹妹低下鼻頭看著她，頭頂上方的花朵輕輕點著，彷彿也在聽她說話。「我懷孕了。」

藍毛覺得腳下的地面彷彿開始崩裂，「這麼快？」她倒抽一口氣。她們才剛當上戰士！為什麼雪毛馬上就想要有小貓？

雪毛露出焦慮的神情說：「妳不高興嗎？」

「當……當然高興，」藍毛含糊地說：「我只是有些驚訝……」

雪毛沒等她說完，便急著說：「薊爪非常開心，」她喵聲說，「他說見習生窩只剩獅掌和金掌，雷族現在很需要新戰士！」

只要薊爪開心就好了。藍毛吞回掃興的話，不想破壞妹妹的大好興致。不過，此刻如冰雪般寒冷的感覺淹沒著她，讓她幾乎要喘不過氣來。一時之間，雪毛似乎變得很遙遠。她很快便會住進育兒室，和薊爪忙著育兒的瑣事。**這該不會是我們最後一次一起狩獵吧？**

「他一定會是個好父親的。」雪毛似乎有意消除她的顧慮，「我的意思是，我知道妳不喜歡他，但是他很善良。」

藍毛看著妹妹，努力去想薊爪慈眉善目的樣子。

「他是個忠誠的伴侶，我完全相信他。」雪毛堅稱。

藍毛嘆一口氣，眼裡充滿憂慮。不過她不能讓雪毛感覺到她的不安。「我很替妳高興，真的。」她喵聲說。她心不在焉地拔起一團青苔，又讓它從掌中滑落。雷族實在需要小貓，豹足所生的那三隻小貓也並不是很健壯。薊爪說得沒錯，雷族確實需要更多見習生。而且……她和雪毛的小貓會有血親關係。藍毛抬頭仰望天空，想著月花不知會對這新生小貓有什麼想法。她知道只要雪毛幸福，母親就會很開心了。

藍毛的鼻頭輕輕地磨蹭妹妹的下巴。

我也會替她開心的，我保證。

第二十五章

「快！去把羽鬚找來！」藍毛上氣不接下氣地喊。鵝羽雖然還未正式退休，但是羽鬚幾乎已是部族內公認的巫醫，大大小小的事全落在他身上。

在育兒室的另一端，知更翅睡眼惺忪地探起頭說：「要生了嗎？」

「不然呢？」薊爪不耐煩地說。當他進到育兒室想看看伴侶的狀況時，雪毛突然開始陣痛。藍毛很慶幸自己此刻能在妹妹身邊。

知更翅勉強站起身，說：「我去叫他。」她打著哈欠，搖搖晃晃地走出巢穴。這隻原本瘦小、精力旺盛的戰士因剩半個月就要臨盆，使得現在的身形倒活像隻笨重的獾。

雪毛在蕨葉堆上扭曲著身體，薊爪在她的床旁緊張地用腳爪抓揉地面。藍毛舔舔雪毛的額頭，並向她保證：「一切很快就會過去了。」藍毛盡量不去想豹足漫長的生產過程，或是她出生不到一個月就夭折的小母貓。更殘酷的是，隨後她的伴侶竟選擇離開她，去當一隻寵物貓。**起碼小虎是隻健壯的小貓**，藍毛提醒自己。小虎從豹足的窩裡探頭探腦，拉長身子想看看到底發生什麼事了。

豹足尾巴一掃，把他拉了回來，「你吵鬧的功夫可不輸松鼠，」她輕聲責罵，「快出去把獅掌找回來。」

「好。」小虎充滿活力地說完後，便晃頭晃腦走出育兒室，正巧迎面碰上匆匆趕來的羽鬚。

「小心！讓開！」小虎邊喊邊從巫醫的肚皮底下飛馳而過。

「那小傢伙可真是愈來愈霸道，」羽鬚順口說，並把一堆葉子放在雪毛的床鋪旁邊，「我知道現在族裡只有他一隻小貓，但希望你們不要把他寵壞，他已經開始一副使喚貓的德性了。」

藍毛彈彈尾巴，「等雪毛的小貓們一出生，就沒有小虎被寵壞的問題了。」

「還好吧，小媽媽？」羽鬚彎下身，聞聞白色貓后的頭。

「我口很渴，」雪毛低聲哀鳴：「可以給我一些濕青苔嗎？」

「好，」羽鬚喵聲說：「薊爪，可以請你去找一些來嗎？」

薊爪停止在床邊緣撕扯蕨葉的動作，並抬頭看著他的伴侶，「我出去一下，妳應該沒問題吧？」

「我們會好好照顧她。」羽鬚要他放心。

一看到他離開，雪毛馬上嘆了一口氣，「謝謝你們幫我支開他，不然我的床可要毀了。」

藍毛抽動頰鬚，她的妹妹似乎還有說笑的心情。雪毛深深吸了一口氣，瞪大瞳孔，而後雙眼翻白。

羽鬚用腳掌輕壓她的肚皮，「痛嗎？」

雪毛點點頭，屏住呼吸。

「試著多換氣，不要降低呼吸次數。」羽鬚建議。

藍毛不忍心看著妹妹受苦。「可以給她一點罌粟籽止痛嗎？」

羽鬚搖頭，「她需要能夠感覺到痛，我們才能知道小貓們什麼時候會出來。」

雪毛緩緩呼氣，「還會很久嗎？」她啞著嗓子說。

「還需要一段時間。」

「等我一下。」藍毛鑽走出育兒室。

知更翅坐在外面的乾泥地上。「我想說還是不要打擾你們比較好。」她對匆忙而過的藍毛說。

「謝謝。」藍毛轉頭喊道。她正掃視著營地邊緣，忙著找一樣東西。此時蕨類植物已經開始變得枯黃，葉子尖端轉為褐色。微風中有股落葉的淡淡腐味。藍毛很快地看到了自己要找的東西：一支結實、不易斷裂的短樹枝。她叼起樹枝後，立刻飛奔回育兒室。

「這要做什麼？」豹足坐在窩裡望著。

「雪毛可以在陣痛來時咬住這東西。」藍毛將樹枝放在雪毛的前方。

豹足顯然想起了自己的痛苦經歷，不禁打了個寒顫，「真希望我那時也能有這玩意兒。」

「謝謝妳。」雪毛喘著氣說。她顫抖著身體，嘴裡緊緊咬住樹枝。

在蕨葉搖動的同時，薊爪帶著青苔匆匆從外面趕了進來。「她還好嗎？」他放下青苔說道。

「她很好。」羽鬚說：「不過她還需要更多青苔，你到營地外的河邊去取，那邊的水比較新鮮。」

薊爪點點頭，轉過身，便離開。藍毛心想他是不是也不忍心看雪毛痛苦煎熬的模樣。

「謝謝你。」雪毛向羽鬚喃喃說道。

藍毛意識到太陽正緩緩移到正上空，一道道閃閃的光芒射入育兒室。雪毛愈來愈疲憊，閉上眼睛許久才又張開。「應該快了吧？」藍毛輕聲對羽鬚說。

「快了。」他才剛剛拿了一點葉子給雪毛嚼著。藍毛認得這葉子的形狀，這和豹足上次生產時所嚼的覆盆子葉片相同。但願這一次的效用能比上一次好些。

又是一陣抽搐襲來，雪毛呻吟著。

「這裡！」藍毛把樹枝湊近到她的鼻頭。

「啊！」雪毛尖叫一聲，把樹枝推開。

「第一隻要出來了。」蹲在雪毛後腿旁的羽鬚喵聲說。

雪毛顫抖的同時，一小團白色的物體隨即滑落到床上。

羽鬚彎下身，開始舔舐包覆的薄膜，薄膜一開，從裡面滾落出一隻白色小貓，不停轉動小小的腳掌。

雪毛轉過身，嗅嗅這濕潤的小毛球。「他真美。」她驚奇地說，接著便叼起他的頸項，把他拉到肚皮邊。

他那強而有利的腳掌抓揉著雪毛，而且立刻吸吮起奶水。

「他是隻健壯的小貓。」羽鬚喵嗚說。

藍毛感到如釋重負。「還有幾隻等著出來呢？」她問。

羽鬚摸摸雪毛腹側，「沒了。」

豹足站起身，「就這麼一隻而已？」

「能生出一隻這麼健壯的小公貓，」他告訴她：「已經沒什麼好不滿足的了。」

小虎跌跌撞撞進育兒室，「生完了嗎？」他尖聲地問，並瞄了一下窩裡，一眼就望到白色小公貓，「其他小貓呢？」

「這是唯一的一隻。」豹足告訴他。

小虎抬高頭，「就這樣？」他喵叫道：「不過他這麼白，這種毛色永遠沒辦法打獵，獵物在幾顆樹遠的地方就可以察覺到他了。」

豹足爬出窩巢，用鼻頭將他拱開說：「他會跟他媽媽一樣是個狩獵好手。」

「但一定沒比我行。」小虎喵叫道。

薊爪再次出現在門口，這一次他嘴裡塞著滿滿的一大團濕答答的青苔，數量之大是藍毛前所未見的。

「這會把整個育兒室給淹了吧。」藍毛揶揄他。

薊爪的眼神落到兒子身上。他甩開青苔，一個箭步奔進育兒室，「他真美！」

藍毛看到他的眼神瞬間轉為溫柔，所有的自大全被感動融化。他舔舔雪毛的額頭，「辛苦了，」他喃喃地說：「我真為妳感到驕傲。」

「我們可以叫他小白嗎？」雪毛輕聲說。

薊爪點點頭，「妳想叫他什麼就叫他什麼。」

他傾身舔小白，小貓抗拒地喵叫著，接著又開始吸奶。薊爪望著兒子，眼神中洋溢著感動。這是藍毛第一次覺得妹妹的伴侶也有他可愛之處。

薊爪站起身。「我去抓最美味的獵物來給妳。」他向雪毛承諾。

羽鬚搖搖頭，「她暫時不能吃東西。」他提醒，「不過這青苔倒可以派上用場。」他啣起一片，放在雪毛能觸及的地方。她精疲力竭地半閉著眼，伸出舌頭一口一口地舔著。

「只要好好休息，」羽鬚保證：「她就會沒事了。」

終於安下心的藍毛，悠然地看著小白吸奶的樣子，為小貓的天性感到驚奇。**歡迎加入雷族，小傢伙。願雷族永遠照亮你的道路。**

隔日，藍毛聽到雪毛一聲輕柔的喵聲後，立刻醒了過來，「妳看！他已經張開眼睛了！」

「太好了！」小虎從豹足的床上急忙抬高頭湊近一看，「我可以帶他出去看看嗎？」

雪毛一副小虎要帶兒子到狐狸窩去玩似的，把尾巴緊緊圍住小白，搖搖頭。

「那時我還不是眼睛一睜開，妳就馬上要帶我出去了。」藍毛提醒她。

小白看了看窩巢四周，他的藍色眼睛雖然迷濛，但毛髮茂盛的耳朵已高高豎起。他胖短的腳掌搓揉著底下的蕨葉堆，尾巴如樹枝般從中突起。

雪毛嘆了一口氣，「如果他想出去，就出去吧。」她的尾巴把小白圈得更緊，並瞪著小虎，「但是不准超出空地。」

「我會牢牢盯著他。」藍毛保證：「妳就安心休息吧。」

雪毛看起來還是十分疲倦的模樣，除了舔舔薊爪叼來的青苔外，幾乎什麼事也無法做。「謝謝。」她低聲說。

小虎已經爬出自己的睡窩，站定在雪毛睡窩的邊緣。「快來啊！」他喊著小白：「有好多好多東西等著你看呢。」

小白慢慢地轉身，將目光集中在他育兒室的虎斑小伙伴上。

「我們將成為戰士，」小虎告訴他：「倒不如現在就開始訓練吧。」

小白眨眨眼，模糊的視線逐漸清晰，「好。」他喵叫道，爬出睡窩，搖搖晃晃走到小虎旁邊。

「這邊。」小虎帶他到門前，小白踉踉蹌蹌地跟在後頭。

藍毛跟著這兩隻小貓走出育兒室，雪毛對她喊道：「妳可一刻都不能鬆懈喔。」

「不會的。」藍毛轉頭答腔。

到了育兒室外頭的小白看起來更渺小。對他來說，在眼前展開的空地，遼闊得有如高岩山山谷。藍毛清楚記得自己第一次走到外面的情景，每件事物都顯得如此之大，特別是戰士們。

石皮一跛一跛地走過去。「這是我們的新戰士嗎？」他喵聲說。

藍毛點點頭。

石皮從喉嚨發出一聲喵嗚，「帶他去看看戰士窩在哪裡，叫他別亂闖，以後有的是住在那裡的機會。」他的眼裡閃著笑意。他是不是正想起藍毛第一次溜進戰士窩的情形呢？

她點點頭，動動頰鬚，「我會帶他去的。」她還不希望小白這麼快就急著長大。**給他幾個月的時間無憂無慮地玩耍，盡情地追逐青苔球吧**。

半個月後，小霜和小斑條出生了。藍毛進來探視他們，看到知更翅直挺著身子，滿是驕傲地坐在窩裡。因為這並不是她第一次生產，生小霜和小斑條時，就有如山毛櫸果蹦出果殼一般輕而易舉。

「從我們出生以來，育兒室再也沒有像現在這麼熱鬧過了。」雪毛說。

「這裡太擠了，」小虎抱怨道：「現在都沒有地方可以玩耍了。」

「你可以出去外面玩呀，」豹足建議：「可以帶小霜、小斑條四處看看營地呀。」

一想到能探索新家的模樣，知更翅的小貓們開始興奮地跳上跳下。

「好耶，帶我們去！」

「我也要幫忙！」小白拉高嗓門說道，努力擠在小虎面前。

雪毛的兒子雖然發育得好，但不管在肩膀寬度和結實度上，還是比不過年紀比他大的育兒室伙伴。小虎不費半點力氣，一把就把他推開，帶領著三隻小貓走出育兒室。

知更翅嘆口氣，「應該沒問題吧？我不希望他們打擾到較年長的貓。」

「妳要我看著他們嗎？」藍毛問。

「若妳能看著，那我就放心了，謝謝。」知更翅在窩裡歇著。

豹足站起身，伸伸懶腰，「我跟妳去，順便到獵物堆拿點吃的。」這黑貓后終於又恢復了以往矯健的身形。她起身離開她的窩，跟著藍毛一起走出育兒室。

四隻小貓已經橫衝直撞地過了空地。

「不要這麼急！」藍毛喊道：「別忘了，這是小霜和小斑條第一次外出。」

「小貓在同伴的陪伴下，通常會成長得快些。」豹足說著的同時，小貓已經消失在通往巫醫窩的蕨葉叢隧道內了。

「我得去看看他們在玩些什麼把戲。」藍毛喵聲說，不希望小貓們誤觸鵝羽存放的草藥。她讓豹足獨自走去獵物堆拿食物，自己則急急忙忙越過空地，趕到巫醫窩去。

這幾個月來有了不少改變，而且全是往好的方向發展。籠罩在族內的陰霾似乎已經一掃而空。雖然松星的離去無疑是一個大震撼，但在隨後的集會中，陽星已下定決心，決不讓一隻貓的個人行為，拖累了整個雷族。陽星明確地說松星的離開代表著雷族一個新強盛時代的來臨。從今以後，他們會迴避寵物貓，就像避開他們的兩腳獸主人一樣。正如松星所預期，現在戰士守則已多增加一條：拒絕寵物貓生活，忠於身為貓族的自由與榮譽。

雖然雷族面臨落葉季的到來，但食物仍舊充足。育兒室充滿著健康小貓的喧鬧聲，戰士們對新族長的帶領能力亦具有十足的信心。

藍毛心滿意足地慢步到蕨葉叢隧道，看看小貓們的情況。

「滾開，討厭鬼！」

空地傳來一聲淒厲的怒罵聲，藍毛不禁寒毛直豎。她奔向前，衝出蕨葉叢。小貓們蹉縮在被壓平的草地上，全身顫抖著。鵝羽則站在洞穴的入口，一副看到成群的影族戰士似的，不斷發出嘶吼聲。

藍毛趕忙奔到小貓和他的中間。「你這是在做什麼？」她破口問道。

鵝羽似乎沒注意到她的話。他瞪大發了狂似的眼睛，豎起根根的毛，亂毛纏結的尾巴甩向小虎。「叫這傢伙滾出我的窩！」他咆哮道。

「我又沒進你的窩裡！」小虎反抗道。藍毛鬆了一口氣，小虎除了表現出一副憤怒的模樣外，似乎也不怎麼害怕鵝羽古怪的行為。

「滾出我的空地！」鵝羽又說了一遍。

這巫醫身上傳來陣陣的惡臭，讓藍毛忍不住皺了皺鼻子。從他糾纏的毛髮看上去，似乎已經一個月沒有梳理。而他現在卻還咒罵起小貓！他已經完全瘋了嗎？

藍毛邊注視著鵝羽，邊揮揮尾巴，招呼小貓們走回蕨葉叢隧道。「我們走吧，小傢伙們。」她盡量用愉悅的口吻喊道。

「發生什麼事了？」羽鬚匆匆趕到空地，並放下身邊浸泡膽汁的青苔。

「是鵝羽，」藍毛從咧嘴發出嘶聲，「他把小貓們嚇壞了。」

羽鬚跨一步到導師身旁，讓他骯髒的身子刷過自己柔順的毛髮，「對不起，」他向藍毛道歉：「他一直惡夢纏身。他們一定是在他做惡夢時，把他給吵醒了。」

「惡夢？」鵝羽咆哮：「我一睜開眼睛，看到那東西，才叫惡夢！」他對著小虎咧嘴，露出黃牙。

「我來安撫他，」羽鬚從中緩頰，「妳就帶小貓們回育兒室吧。」

小貓們雖然已經遠遠走到蕨葉叢隧道，但卻停在陰暗處，困惑地回頭望著。藍毛轉頭，噓了一聲，要他們離開。

「我們有做錯什麼嗎？」小霜害怕地豎起根根毛髮。

「沒有，」藍毛說：「只是鵝羽老了，有時容易做惡夢。」

「那東西才是我的惡夢！」那老貓在他們後面輕蔑說道。

藍毛回頭瞥見鵝羽正張著彎曲的腳爪，指著小虎。

口水從巫醫的下顎直直垂流下來，他的耳朵緊貼著頭，說道：「那傢伙最好離我遠一點！」

第二十六章

此刻，夕陽漸趨柔和的光線將蔥鬱翠綠的森林染成一片橘黃。林中遍地的新落葉在藍毛腳下窸窣作響，並不時飄散出一股霉味。鳥兒在枝上呢喃，松鼠趕忙在禿葉季前做儲糧的準備。

藍毛沒興趣獵食。新鮮獵物的存量足夠，邊界也沒有及時的危險。在經過育兒室的一片吵雜聲後，她只想要享受林間的寧靜。在走出混亂的刺木叢窩時，她注意到雪毛在她背後發出一聲嘆息。她愛小白雖是毋庸置疑，但雪毛還是十分想念當戰士的日子。她和小時候一樣望著巡邏隊出發和歸來，若有所思地凝視金雀花隧道，藍毛從中可以看出她很渴望當戰士。

「為什麼薊爪就可以去狩獵巡邏？」前天她問著藍毛：「這也是他的孩子呀。」

「他沒辦法給小白餵奶，」藍毛提醒妹妹，接著用腳肘輕推她一下，「小白很快就能開始吃老鼠了，到時妳就可以加入狩獵隊，知更翅或豹足可以幫妳看顧小白。」

雪毛嘆口氣，「話是這麼說沒錯，但我又會掛念起這小毛球。」

藍毛壓制住一股失望的情緒。**是妳自己要有小孩的！**

「金掌，做得很好！」山坡傳來鶇皮的喵嗚聲，將藍毛的思緒瞬間拉回林間。

一根樹枝從她頭頂直飛而過。

「藍毛，妳看。」金掌從葉縫間俯看著她，「我要爬到最上面！」

「小心啊！」藍毛提醒他。金掌似乎一天比一天更有冒險精神，她的勇氣和實力幾乎已經能和她的兄弟並駕齊驅。

「專注！」鶇皮在樹底下叱喝。

「花尾上哪兒去了？」藍毛問，納悶著為何金掌不是由導師親自訓練。

鶇皮的目光緊緊盯著在樹葉間亂竄的淡薑黃色身影。「她的眼睛跑進了一粒種子，所以去找羽鬚處理掉。」

「我一定要去找陽星，問他是不是可以讓鶇皮永遠當我的導師！」金掌在他們上方高聲嚷嚷：「花尾肯定不准我爬這麼高！」

鶇皮看著藍毛，眼神中閃過一絲罪惡感，「哎，」他喵聲說道：「金掌一直跟我保證她能辦得到，我想這應該不是她第一次這樣做，才會……」

藍毛喵嗚道：「別擔心，我不會告訴花尾的。」

鶇皮的尾巴輕輕拂過她的側腹，「謝啦！我保證會讓金掌毫髮無傷地回營地！」

藍毛離開金掌和鵪皮，慢步越過綠草如茵的林地，擠身穿越密密麻麻的蕨葉叢。河流就在附近汩汩流著，她感到一陣口渴。灌木叢依舊蒼綠，此區的森林避開了寒夜和冷風的摧殘，河水從綠葉季盛期開始漲高，淙淙滑過石頭，拍打著河岸，應和著沙沙婆娑的樹林。藍毛隔著灌木叢，向布滿落葉的河岸望去。

一個紅棕色的身影在暗處移動著。

是狐狸嗎？

她擔憂地聞了聞空氣的味道。她猛然一驚，辨識出河族身上的氣味。她不敢置信地瞪大眼睛，此刻的橡心正緩緩走到雷族河岸，和藍毛相距只不過三條尾巴的距離。他像狗般甩甩身體後，接著便在水中凸起的一塊平滑岩石上，慵懶地趴下來。他光滑的毛在陽光下閃閃發亮，隱藏於皮毛底下的是結實壯碩的身軀。他正準備在雷族地盤倒頭大睡！

藍毛繃緊神經，準備縱身一躍，與這入侵者迎面對戰。不過她停了下來。他看起來是如此平和，此刻，她發現自己正注視著他那一起一伏的側腹。

我這是在做什麼？

她衝出灌木叢，在他身後煞住腳步，小顆石礫啪噠啪噠地滾落水中。「滾開！」

橡心回頭望去，「藍毛！」

他被她在雷族地盤給抓個正著，起碼也該表示點歉意吧！

「不要以為你們奪走陽光岩，」她發出嘶吼聲，「就可以四處撒野。」她憤怒地聳起毛髮。

「對不起。」橡心站起身，「這裡陽光普照，我一時忍不住才會跑過來。」

「你一時忍不住？」她怒火中燒，「你這目中無人的毛球！」她想都沒想，立刻撲向他，利爪橫掃過他的臉。

他一個低身，閃過她的攻擊。

藍毛的腳爪即時戳住石礫，避免跌個四腳朝天。他是不是正抽動著頰鬚？**今天非給他個教訓不可！**她一轉身，狠狠咬了他後腿一口。

「哎呀！」橡心跳開，藍毛蹬起後腳準備再次出擊。此刻，橡心粗寬的頭猛然朝她一轉，迎面與她的肩胛撞個正著。

藍毛在空中一陣猛揮，一時失去重心，滑出石礫堆，噗通一聲，狼狽地掉進水裡。當她的毛浸泡在河水中時，她的驚恐也隨之而來。**我要淹死了！**

「救我！」

橡心只是站在河岸，用玩味的眼神看著她。「試著站起來看看。」他平靜地建議。

藍毛用力將腳掌往下一蹬，猜想自己可能會淹沒在水裡，不過腳竟已經碰觸到水底下的圓石。她站起身，滿是訝異地發現水位高度竟然只到她的腹部。她又氣又尷尬地走到岸邊，甩動身子，故意把水濺到橡心身上。

「我怎麼會知道水才那麼淺，」她忿忿地說：「雷族貓根本不需要把身體弄濕來抓我們的獵物。」

橡心聳聳肩，「對不起，害妳全身都濕了。」他的眼神掠過她的毛，「我只是在保衛自己。」

他淡淡的歉意只是讓藍毛更為光火，「給我閉嘴，立刻離開我的地盤。」

他將頭側到一邊，「現在就要結束這段剛開始萌芽的大好友誼，真是件可惜的事啊。」**友誼！**河族貓比任何貓都還要傲慢無禮！「你最好現在就離開，要不然就等著留下畢生難忘的疤痕吧。」藍毛咆哮。

橡心點頭，望了藍毛一眼後，便往暗處走去，悠然游到河的另一邊。藍毛看著他俐落爬上另一頭的河岸，水從他厚實的皮毛滴下。在隱入林間之前，他回頭看了她一眼，眼裡閃著光。

「不管有沒有留下疤痕，我都不會忘記妳。」他喊道。

藍毛不想往他臉上貼金，因此並沒有回應他那愚蠢的話。**鼠腦袋！**她氣惱地拖著濕漉漉的身體，踱步上岸，往樹林裡走去。儘管已經走到山谷頂端，她仍然餘怒未消。為什麼橡心在雷族地盤內，還膽敢這麼厚顏無恥？難道他認為星族把整片森林都賜給了他不成？

正當她想得出神時，玫瑰尾突然縱身越上峭壁頂峰，把她給嚇了一跳。

「妳怎麼全身濕答答的！」玫瑰尾一臉疑惑地望著天空說：「剛剛應該沒下雨才對呀。」

藍毛低頭望著腳掌，「我……嗯……在岸邊……不小心……滑了一跤……」河族戰士害她掉到水裡這種事，她怎麼能開得了口。

玫瑰尾動了動頰鬚，「走路時沒留意是嗎？」

「地上很滑！」

玫瑰尾的眼神充滿好奇，「妳看起來很不一樣。」

藍毛換了一下腳邊的姿勢，「怎樣不一樣？」

「妳看起來很恍惚，像極了雪毛在談論薊爪時的模樣。」

「別亂說！」

「是誰？」玫瑰尾抽動起耳朵。

「沒什麼誰不誰的！」

「是鶇皮嗎？」玫瑰尾繼續追問。

什麼？藍毛豎直毛髮，她沒理由為了鶇皮恍神啊。「當然不是！」她氣呼呼地回答。

玫瑰尾側著頭，「真可惜，」她喵聲說道：「他可是常常惦記著妳呢。」

「我？」藍毛一陣吃驚。鶇皮和她只是室友，她不想像雪毛一樣過著在育兒室成天被小貓吵雜聲包圍的日子。她要成為一名雷族有始以來最偉大的戰士，比薊爪還優秀，優秀到有朝一日坐上族長的位子。

玫瑰尾轉動眼珠，「妳難道都沒注意到他看妳的樣子嗎？」

「沒有！」藍毛盛怒的模樣，讓玫瑰尾嚇得倒退一步。

「好啦！」這紅尾戰士把話題轉開，「我正要去摘些新鮮的青苔給雪毛和小白。」

一聽到親屬的名字，她的情緒立刻趨緩，濕透的毛也變得柔順，「小白好嗎？」

「他一整個早上都在追著雪毛的尾巴跑，她被他煩得真想一掌賞他個耳光，不過她下不了手就是了。他真是個惹人憐愛的小東西。」

「這我倒可以想像。」藍毛腦中浮現出小白一邊拍打雪毛毛茸茸的尾巴，一邊用圓圓的藍眼睛，無辜地望著她的模樣。

「我只希望小虎不要帶給他太多不良示範，」玫瑰尾苦惱地說：「我出門時，小霜正好在睡覺，他就忙著慫恿小白，要他把針毬放進小霜的毛裡。」

「豹足難道不會制止他們嗎？」

「妳是知道豹足的。」玫瑰尾嘆氣，「她總覺得小虎不會去做什麼壞事。」

「我有空會到育兒室看一下。」藍毛說道。

「雪毛會很開心的，」玫瑰尾喵了一聲，說：「她似乎太過焦躁興奮，幾乎要把自己的窩給撕爛了。她還真的需要一些新鮮空氣。」

玫瑰尾緩步走進樹林，藍毛在草地上發現一撮狗毛。這狗毛幾乎已不帶任何氣味，肯定不是狗兒自己跑到這裡留下的，應該是被風吹來的。這玩意兒應該可以讓小白忙碌好一會兒。她用腳爪把它夾起來，拎到育兒室去。

藍毛趕忙走進刺木叢窩，看到雪毛一臉不悅。小霜和小斑條正忙著在知更翅身上打滾，每一翻轉，尾巴恰恰都彈在雪毛的臉。小白正呼呼大睡，攤在雪毛的後腿上，讓她動彈不得。小虎正在對著母親嘟囔著。

「為什麼我不能出去？」

「因為你才剛進來。」

「可是外面天氣很好耶。」

「你得睡午覺了。」

「我又不累。」

「你等一下就會累了。」

「那我等一下再睡就好啦。」

「如果你現在不睡午覺的話，會整個下午都脾氣不好。」

「我才不會咧。」

「你會。」

雪毛將視線移到藍毛身上。

「這個，」藍毛將狗毛放到妹妹的床旁邊。玫瑰尾說得沒錯，蕨葉已經被撕得東一塊，西一塊，「等小白醒來後，就可以玩了。」

雪毛呻吟了一聲，想換個坐姿，又怕驚擾小白。

「這是什麼東西？」

小虎已經火速衝到狗毛前。

「這是要給小白的——」

藍毛還來不及把話說完，小虎已經勾住了那撮毛，開始在育兒室裡滿場追逐。「妳們看！」他扯高嗓門說：「我是薊爪，看我怎麼教訓這卑劣的狗東西！」

「小聲點好嗎？」雪毛央求他。

小虎停下來，一腳將狗毛壓在地上。「我討厭育兒室，」他抱怨：「這裡全是小貓，連玩的自由都沒有。我應該搬去見習生窩和獅掌一起住。我敢打賭他一定不用睡什麼午覺。」

藍毛喵嗚道：「他或許不用睡午覺，不過他倒很希望自己可以。」

小白睡眼迷濛地抬起頭，「發生什麼事了？」

「看你把他給吵醒了！」雪毛氣急地說。

「太好了，」小虎喵道：「現在他就可以一起來玩了。」

小白看看四周，「玩什麼？」

「我的新遊戲呀，這叫做獵狗行動。」小虎告訴小白，並把狗毛往他面前一拋。小白向上胡亂晃動兩隻腳掌，想要抓住它。這小貓後腳爪一時扎進雪毛的皮毛裡，害她忍不住咕噥了一聲。

「我們到外邊走走吧。」藍毛提議。

雪毛眨眨眼。

「小白跟小虎玩得正開心，」藍毛勸她：「他應該不會介意妳離開一會兒。」她看著這雪白的小貓跟在小虎後頭，在育兒室滿場奔跑。

「可以讓雪毛跟我到外邊走走嗎？」

小白連瞧都沒瞧她一眼，「當然可以！」

「我們會看好他的。」知更翅要她安心。

雪毛眼睛一亮，「我是該出去走走了。」

「走走會對妳有幫助。」藍毛說道。

「妳確定他會沒事嗎？」雪毛擔憂地說。

「他沒事的，」知更翅告訴她：「趕快走啦，妳的唉聲嘆氣我已經聽煩了。」

「我才沒有唉聲嘆氣呢！」雪毛反駁。

豹足彈彈尾巴，「妳一整個早上都在那裡哼著氣，跟獾沒兩樣！」

「好，好！」雪毛勉為其難地爬出自己的窩。

雪毛準備跟著藍毛走出育兒室，知更翅叫喊道：「要走到四腳瘦痛才能回來喔！」

「快點呀！」

雪毛拖著步伐跟著藍毛到門口，「要是他肚子餓怎麼辦？」

「他不會肚子餓的。」

「要是他沒有我突然覺得不安怎麼辦？」

「他有一整個部族在照顧著。」藍毛輕推她，要她往金雀花隧道走去，「他會沒事的。」

偉大的星族啊，要是一有孩子就會變成這副模樣的話，還真慶幸我沒有！

在藍毛的半推半就下，雪毛爬上了山谷。她在山頂停下來，望著下方的營地發愁，藍毛搖搖頭。

「妳看，」藍毛深呼吸，「今天天氣真好。我們又不是去高岩山，小白會沒事的。在太陽還移動不到一個老鼠的距離內，妳就又可以看到他了。」

第二十七章

藍毛帶著妹妹穿過樹林，沿著今天早上經過的路徑走去。她告訴自己，**狩獵隊不會來河邊，那裡十分安靜**。水聲能舒緩雪毛的情緒。等一下會是個大晴天，我們可以順便曬曬太陽。

雪毛看起來高興多了，雀躍地跑過微風吹拂的森林，「我幾乎已經忘記這氣味有多棒了。」她愉快地說，並又做了個深呼吸。突然，她停下腳步，「等一下。」

藍毛停下來，止住嘆息聲，「怎麼了？」

雪毛戲謔似地一吼，撲向藍毛，順手一推，害得藍毛直直滾落結滿黑莓的刺木叢中。藍毛爬起身時，黑莓也隨之擺動。

「為什麼妳要——」她從那甜味四溢的刺木叢一躍，像保齡球似地把妹妹撞倒在地上，兩隻貓便像小貓一般，團團扭打起來。

雪毛壓住藍毛，「妳認輸了嗎？」

「休想！」藍毛一聲喝道。她後腿一蹬，

一個大轉身，把雪毛連滾帶爬地推落到刺木叢中，黑莓的腥味沾了她一身。

雪毛跳開，「看妳幹的好事！」她裝出一副神情低落的模樣，瞪著自己被染得斑斑紫黑的皮毛。

「我們到河裡去把它洗掉。」藍毛提議。

雪毛眨眨眼，「我把它舔乾淨就好了。」

「河邊很舒服的。」藍毛想說服她。她要確定橡心已不會再來。

「也好，我口也有點渴了，」雪毛喵聲說：「沒有青苔味的水好喝多了。」

藍毛往河岸走去。

「別那麼快，」雪毛喘著氣說：「妳知道我很久沒運動了。」

藍毛緩下腳步，一路和妹妹從樹林走到河岸。她嗅一嗅空氣，心中的一股預感讓她不由地寒毛直豎。他是不是又來了？

沒有新氣味的跡象。

太好了。

不過，為何她會感到一股落寞？她走到他躺過的地方，腳下的石塊還溫溫熱熱的，他的氣味縈繞在靜止的空氣中。

雪毛舔舔河水，抬起那濕淋淋的鼻口，望向河族的河岸。

「妳覺得他們會再度發動侵略嗎？」

「誰曉得？」藍毛喃喃地說。

「他們很貪心。若真的侵略了，我也不意外。」雪毛嘎扎嘎扎踩著石礫，到她身邊坐下，「妳覺得陽星什麼時候會奮起捍衛陽光岩？」

「我們真的非戰不可嗎？」藍毛問。

雪毛激動地看著她，「妳難道不想？」

「戰爭是危險的。」藍毛提醒她。

雪毛眨眨眼，「是嗎？」

「貓的身體可不是鐵打的。」藍毛望向河的另一端，「並不是每隻河族貓都作惡多端，不是嗎？我的意思是，他們和我們一樣都是貓。」

「所以他們就有權占領陽光岩囉？」

「不是，但……」藍毛並沒有想到陽光岩的事，「我只是想說，為什麼一定要打仗？畢竟我們想要的東西都一樣。」

「妳接下來該不會要跟我說，妳想要吃魚吧，」雪毛一邊取笑她，一邊用鼻頭將藍毛推近水邊，「要不要也游個泳啊？」

藍毛的腳爪緊抓住石礫，避免自己跌入河裡。她今天已經弄濕過一次，「他們或許也對我們住在樹下和追逐松鼠的行徑感到很奇怪吧。」

雪毛將側著頭說道：「妳還好吧？」

「我很好。」藍毛回答。

「妳對雷族的忠誠跑哪兒去了？」

「我很忠誠啊。」她厲聲道：「我今天早上就驅逐了一隻河族戰士。」

雪毛睜大眼睛，「他們是要再度入侵嗎？妳有沒有將這件事稟告陽星？」

藍毛搖頭，「事情不是妳想的那樣，他只是想曬曬太陽。」

「誰想曬太陽？」

藍毛將目光移開，「曲顎的兄弟。」

「橡心？」

藍毛沒有回答。雪毛向她逼近，「妳剛剛為什麼不說？」

「我已經把他趕走了，不是嗎？」

「那妳為什麼要這麼神神祕祕？」

「他沒有侵略的意思，只是趴著曬太陽而已。」

「在我們的河岸上曬太陽？」雪毛咆哮：「真是目中無人的毛球。」

「他沒有目中無人。」她的心不覺怔了一下，發現自己太快為橡心辯護。

「妳喜歡他！」雪毛把眼睛睜得又圓又大，「妳喜歡河族的貓！」

「我沒有！」

「我很了解妳！」雪毛豎起毛髮，「要是換做是其他河族的貓，妳老早就會告訴全族妳是怎麼把他驅逐，而不是像現在替他找藉口。」

「我沒在找藉口。」

但雪毛不聽她解釋，「妳不能和其他部族的貓做朋友！這可是違反戰士守則的！妳哪隻貓不選，為什麼偏偏看上橡心？他還真當自己是星族賜給河族的禮物咧！還不就是一個只會帶來麻煩的傢伙。妳為什麼不考慮一下鵪皮？他已經在妳身邊跟前跟後很久了，別告訴我妳完全沒注意喔。為什麼妳不喜歡他？他可算是雷族屬一屬二的戰士。」

「那是他的事！」藍毛訕訕道：「還有……」她憤懣地看著雪毛，「我根本沒有在找伴侶，我可不想最後淪落到在育兒室給孩子哺乳。」

看到雪毛突然怒氣沖沖地別過身，藍毛馬上後悔自己所說的話。

「我沒有別的意思，生孩子並沒有錯。」她叫喊道。

雪毛走上河岸，氣呼呼地把尾巴捲到背後，逕自往矮木叢裡走去。

老鼠屎！她講那些話怎麼不先經過大腦？都是橡心的錯，他為什麼偏偏要出現在那裡？她根本不想要有伴侶，即使她想要，也不應該是他！和河族的貓在一起？絕對不行！

藍毛趕在妹妹後頭，循著她的氣味鑽入矮木叢，從橡樹林走到松樹林，推開一叢叢蕨類植物，上面仍殘留雪毛剛走過的氣味。她想要跟她道歉。她把妹妹帶來森林的本意是要讓她開心，絕不是要惹惱她。

「雪毛？」

那白色戰士蹲伏在松樹根後，抽動著背脊上的毛，張著嘴辨識空氣裡的味道。

「趴下！」雪毛嘶叫：「我聞到了影族的味道！」

藍毛迅速在她身旁壓低身體。果然，微風中瀰漫著影族的臭味，交雜著轟雷路的氣味，從幾個樹身距離外飄散過來。

藍毛皺皺鼻頭，空氣中不只一隻貓的臭味。「要去叫巡邏隊過來嗎？」藍毛小聲地說。

「他們頂多三隻，」雪毛喃喃道：「我們可以自己解決。」她沿著樹根爬行，踉蹌地竄進樹叢，藍毛也悄悄跟了進去。現在，她可以清楚聽見影族在前方幾個尾巴距離之處，窸窸窣窣的交談聲。

「妳不應該把牠追到轟雷路來的。」

「不過，我差一點就抓到牠了！」

「這下可好了，讓牠給跑了。」

藍毛從葉縫中定神一望，看見三隻毛茸物擠在松樹林間的一個小空地上交頭接耳。

「我們回去吧。」黑色的貓說。

「不要！」一隻玳瑁母貓堅持：「我還能聞到松鼠的氣味，牠一定就在附近。」

這黑色的戰士甩甩尾巴，「自從河族占領陽光岩後，雷族就變得神經兮兮的。我們還是走為上策吧。」

「我才不擔心雷族，」一隻虎斑貓喵聲說：「他們肯定正忙著巡視河族邊界。只要一抓到松鼠，我們就馬上回轟雷路。他們不會知道我們來過這裡的。」

「上次大集會的時候陽星有說，」黑色公貓警告：「不管是寵物貓或部族貓，一旦闖入他們的邊界，他絕不饒命。」

公虎斑貓嘆一口氣，「好吧，」他讓步，「我們走吧。」

玳瑁貓抗拒道：「不行！松鼠的氣味就在附近。」

影族貓們將身體壓近地面，腳掌輕快敏捷地移動著。

雪毛咆哮道：「如果他們認為可以隨便在雷族地盤上獵食的話，那就大錯特錯了。」她跳出樹叢，在影族戰士前煞住腳步，拱高背脊，亮出利爪，「站住！」

影族貓蓬起尾巴的毛，害怕地往後退了一步。

在妹妹身後的藍毛炮火猛開：「你們這群吃鴉食的卑劣東西！」她咧著嘴露出利牙，喉嚨爆出嘶嘶聲。

玳瑁貓眨眨眼，「就這樣？才兩隻貓？我還以為整個巡邏隊全來了咧。」

「兩隻就足夠擺平你們！」藍毛啐了一口。

黑色公貓挺起身子，眼睛炯炯有神，「妳真這麼認為？」

虎斑貓咆哮道：「若雷族就只有派妳們兩隻過來的本事，那麼，我們還是會等抓到松鼠，再回我們的地盤。」

「你敢！」雪毛撲向虎斑貓，用前掌砰地一聲將他推倒在一旁。

玳瑁貓嚇得瞪大眼睛，連藍毛都吃了一驚，「雪毛……」她開口說。

「我在營地悶太久，今天一定要好好打一架。」

藍毛怎可能讓妹妹單打獨鬥。她撲身向前，伸出利爪猛攻擊黑色公貓，在他的鼻子上抓出一道裂痕。黑色公貓邊嘶叫，邊匆匆竄進樹林。

虎斑貓連滾帶爬，一邊咆哮道：「我們走！」

雪毛在後頭追趕逃之夭夭的影族戰士，所發出的嘶叫聲之驚人，彷彿一整個巡邏隊都到齊了。藍毛跟在她尾巴後面奔跑著。她們今天非得給這群嚼烏鴉食物的傢伙一點顏色瞧瞧不可，一定要他們一輩子想忘都忘不了！

前方的森林一片豁然開朗，樹木沿著轟雷路伸展開來。影族的貓們拔腿狂奔到陽光下，雪毛還是在後面緊追不捨。藍毛從樹林追出來，瞬間耀眼的陽光讓她不由地瞇起眼來。

影族戰士已經半跨過了轟雷路。

「我不會這麼輕易就放過你們的！」雪毛邊怒聲尖叫，邊追著已飛快溜過路另一邊，消失在松樹林內的影族。雪毛豎起毛髮，瞪大雙眼，越過油膩膩的轟雷路，急速追趕在後頭。

藍毛嚇住。

一隻怪獸正迎面朝著雪毛發出怒吼。

牠沒有緩下腳步，立刻上前往她身上一擊。

藍毛隱隱約約聽到砰地一聲。隨後怪獸便發出轟隆隆的吼叫聲離去，只剩下雪毛的軀體如一片濕葉般橫躺在轟雷路邊。

「不！」

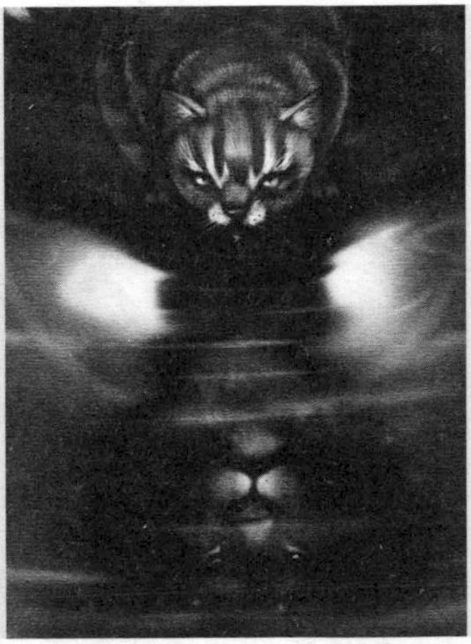

第二十八章

怪獸吼聲很快就消失。藍毛看到影族戰士從轟雷路前方的樹林望過來，睜大的眼神中充滿驚恐。

「雪毛？」她彎下身，腳掌輕推著妹妹。白色戰士沒有反應，只是癱軟地趴在臭氣熏天的草地上，「醒醒，」藍毛喊著：「我們要一起回營地，向部族稟報影族越界的事。」

雪毛嘴角流出一小道鮮血。

「我來幫妳，」藍毛說，她叼起雪毛的頸項，慢慢將她拖進林子，「試著用腳掌撐啊，」嘴裡滿口毛髮的藍毛求她：「只要走一走，妳就會感覺好多了。」

雪毛的軀體滑落到滿地的樹葉上。

噢，星族祖靈啊，為什麼祢要讓她知道橡心的事？要不然她也不會掉頭跑掉，我們也不會遇到那些影族戰士。她們到了營地，小白因為母親的歸來而興奮地跳上跳下。

「藍毛？」蛇牙的喵喊聲響遍整個林間。

藍毛放下妹妹，望著這虎斑戰士，腦中一片空白。蛇牙來了，一切都會沒事了，花尾、風翔、鶇皮也都和他一塊兒來，他們會知道怎麼處理。

族貓團團圍過來。他們傾身湊近雪毛，藍毛可以感覺他們的毛皮刷過她。

「她遭到怪獸攻擊，」藍毛解釋，說話的聲音顯得特別空洞，「影族貓在我們地盤捕抓松鼠，我們在驅逐他們的途中，雪毛突然被怪獸襲擊。」

「鶇皮，」蛇牙一聲令下，「你去巡查影族是不是已經走了，並確保他們不會再回來。」

鶇皮飛奔離開，蛇牙叼起雪毛的頸背。

「小心點！」藍毛提醒他，心也跟著抽動一下，「她也許只是受傷而已。」

她感覺白眼的尾巴拂過她的肩膀。

「來，」淡灰色的母貓低聲說，好聲好氣地帶她往前走，「我們回營地去吧。」

被麻木、震驚的情緒吞沒的藍毛，蹣跚而行。**她受了傷，只是受傷而已**。儘管她在腦中不斷重複著這些話，妹妹死亡的事實還是揪痛著她的心。她知道雪毛已經死了。她每走一步，驚恐就愈往心裡扎去，直到悲慟將她淹沒。

白眼挪動身體，向她靠得更近，並細聲說：「慢慢走。」

「我跟她說過，只是出去一會兒而已，馬上就會回到小白身邊的。」藍毛喃喃地說。

蛇牙把雪毛放在山谷頂端，轉過身凝視著藍毛。她眨去眼底的哀傷，迎面與他互望。

「藍毛？」他和緩地說。

「怎麼了？」

「妳必須告訴小白。」

藍毛退怯了一下，「為什麼是我說？」

「因為妳愛他。」蛇牙告訴她：「薊爪和暴尾這邊由我來負責，我也會親自向陽星稟報。」

白眼看著雪毛的屍體，「說不定可以由薊爪來跟小白說。」她提議。

「不行！」藍毛豎直毛髮。要薊爪心平氣和地說這種消息，是絕不可能的事，「我來告訴他吧。」

藍毛恍惚踉蹌走下山谷，走到空地，與族貓們擦身而過，他們還不知道雪毛已經死亡的悲劇。

她默默地進入育兒室，「小白。」

「妳回來啦！」小白一臉開心地看著她，隨後朝藍毛後面望呀望，「雪毛不是跟妳在一起嗎？」

藍毛深深吸一口氣，盡可能壓制住顫抖的腳，「跟我到外邊來，小傢伙。」她喵聲說。

「是雪毛有帶禮物給我嗎？」小白高興地尖聲。

小虎停下追小斑條尾巴的動作，「我也可以去嗎？」

「不行，只有小白能。」藍毛告訴他。感謝星族祖靈讓他這一次乖乖聽話。

小白跟著她出去，一路到了坍倒的樹木邊，往裡面密密麻麻的樹枝間鑽去。

「為什麼要到這裡？雪毛在哪裡？」他尖聲說：「她是不是在跟我玩捉迷藏？」

「過來。」藍毛用尾巴將他小小的身體圍住，緊緊地把他靠在懷裡。她低身擋住他的視線，避免他看到蛇牙將母親身體拖進空地的情景。

她感覺自己的心在碎裂，心是如此地痛。「雪毛不會回來了。」

小白抬頭看著她，「那她什麼時候才會回來？」

「永遠不會回來了。」

「為什麼不會回來？」小白繃緊身體，「難道她不喜歡我了嗎？」

「她非常愛你。」藍毛向他發誓，「她會永遠愛著你，但是她去星族那裡了。」

小白將歪著頭說，「我可以去看她嗎？」

藍毛搖搖頭。

「鵝羽和羽鬚就常常去找星族呀，」小白爭辯道：「我也一定可以去。」

「這不是像你想得那麼容易。」藍毛愈來愈不知所措。她該如何讓他明白，又不去傷他的心呢？她看著他那圓圓的藍色眼睛。她沒有辦法獨自承擔起雪毛死去的悲痛，她勢必得傷他的心。

「小白，她死了。你再也無法見到她，再也聞不到她的氣味，聽不到她說話，觸摸不到她的毛皮。」

知更翅循著他們的氣味走進樹枝間，「我可以餵你，你也可以和小霜、小斑條同睡一張床。」她安撫他。

小白生氣地對著她說：「我不要喝妳的奶，也不要睡妳的床！我只要雪毛！」

他很快地從貓后身邊跑走，狂奔到空地，在母親屍體旁停下來。「我要和妳一起住在這裡。」他放聲尖叫，鼻頭輕輕拂過她冰冷的皮毛。

藍毛蹲伏在樹枝間，悲痛不已。

「我會陪著他的。」知更翅輕聲說完後，便轉身走了。

薊爪怒氣沖沖地經過知更翅身邊，步步逼近樹枝角落，「妳怎麼能夠讓這種事發生？」他對著藍毛大吼：「妳當時在幹什麼？為什麼要把她帶到轟雷路去？她不是應該和小白待在育兒室嗎？」

「我——對不起你。」

「妳明知道她有小貓要照顧，為什麼還要讓她置身危險中？」薊爪發出嘶聲。

藍毛用空洞的眼神看著妹妹的伴侶。他說得沒錯，這全是她的錯。

「走開！」暴尾出現在薊爪身後。他用肩膀頂開一個可以走出去的空間，「你現在這樣吼根本於事無補。」他咆哮道。

薊爪惡狠狠地瞪了藍毛一眼後，才後退走出去。

暴尾鑽進去，靠在她身邊。他露出憂傷的眼神說，「蛇牙把事情都告訴我了。」

藍毛低頭看著自己的腳掌，「為什麼偏偏雪毛、月花都得死？我不能失去她們。」

暴尾搖搖頭，「這答案只有星族知道了。」

「那星族真是太愚昧、太殘忍了！」

「生命還是一樣得繼續下去。」暴尾擁抱她，「妳還有其他族貓呀。」

「那不一樣。她們是我的親屬！」

「雪毛、月花以前仰賴妳，部族現在更需要仰賴妳。」

「我不在乎！」

暴尾用尾巴順著藍毛的側腹輕拂，「我知道妳在乎。我也知道妳不會讓族貓失望的，妳必須振作起來，為部族獵食、戰鬥、為大家而活。」

看到藍毛默默無語，暴尾在她耳間舔了舔後，便離開了。

藍毛伸出腳爪，把它們刺進土中，隔著交錯的樹枝，怒視著那淡灰色的天空。我連自己最在乎的族貓都沒能保護好，那麼留在部族還有什麼意義呢？

第二十九章

藍毛心不在焉地用腳爪勾住一隻死掉的老鼠，接著，啪的一聲又讓它給落在地上。她毫無胃口，即便是新鮮獵物的味道也會讓她想吐。她獨自趴在空地邊緣，半瞇著眼觀察族貓們的一舉一動。他們正趁著在今晚大集會之前，互相分享舌頭。儘管雪毛才死亡短短半個月的時間，他們已經開始彼此愉悅地低聲交談著，彷彿雪毛從來沒有存在過。連小白也愈來愈少待在知更翅身邊，而是經常和小虎在育兒室外面玩互撲的遊戲。

藍毛滾動著腳邊的老鼠，把它撲得滿身是灰。

正在蕁麻叢邊和一群戰士分享獵物的褐斑站起身，慢步走向藍毛。他瞥了老鼠一眼，說：「妳這是在暴殄天物。」他抽動尾巴，「陽星要妳去參加大集會。」

藍毛嘆氣。**唉，我不想去**。這一趟需要長途跋涉，而且晚上又很寒冷。**你又不是我的導**

師。更何況，我現在已經是戰士了。

「也是該妳出點力的時候了。」褐斑嚴厲地看著她，「我已經盡可能幫妳排除巡視邊界和狩獵的工作，但是妳不斷意志消沉，成天把自己關在營地裡。如果妳開始過一般族貓的作息，或許會覺得好過些。」他的眼神瞥了瞥正努力想把小虎撲倒的小白，「而且妳也應該多關心小白才對呀。」

藍毛茫然地看著自己的親屬。知更翅把他照顧得很好，他根本不需要她。部族在沒有她幫忙的情況下，似乎也是生氣勃勃的樣子。在豐饒的綠葉季過後，每隻貓的毛色都變得光滑，而且飽食的程度不輸河族。

褐斑從喉嚨發出低吼，「妳以前幾乎是一有空就會去陪小白，現在卻不進育兒室半步。他一定感覺自己不只有失去一個媽媽，而是兩個。」

藍毛一臉不悅地看著他。為什麼他非要把她的心情搞得更低落？

他繼續說道：「薊爪並沒有因為悲傷，而忘了對部族的義務，而且他比以前還要花更多時間在小白身上。」

「那是他的事。」藍毛咕噥道。

「妳有什麼特權可以免去對部族的責任？」褐斑質問。

我失去了妹妹！她瞬間有股對天哭喊的衝動，但還是把這句話忍了下來。她沉重地站起身，「我沒有特權，」她低吼一聲，「若去大集會會讓你比較好受的話，那麼我去就是了。」

褐斑轉身離開，揮揮尾巴示意。剛當上戰士不久的獅心和金花已經在營地入口等著。較資深的戰士正在整隊集合，這兩隻貓早已迫不及待地在營地來回繞來繞去。

小虎蹦蹦跳跳，高高揚起暗棕色的尾巴。他已經開始褪去蓬鬆的胎毛，從圓嘟嘟的身形漸漸脫胎成寬大有力的肩膀和長腿，「我可以去嗎？」他喊道：「再過一個月我就是見習生了。」

「小貓不能去大集會。」褐斑提醒他。

小虎快步跑到獅心面前，用兩隻前掌拍拍他的肩，「你一回來就要告訴我全部詳情喔。」

「等我回來你就睡著啦。」獅心發出呼嚕貓鳴。

「不會啦，我會等你回來。」

在產後首次參加四喬木行列的豹足搖搖頭，「在我們回來前，你最好給我乖乖睡覺。知更翅被你們這幾個頑皮鬼吵了一整天後，也需要休息。」

「我們老早就出來外面了。」小虎頂嘴。

「那是誰一直盯著你們，好讓你們不要闖禍的呀？知更翅說她總共把你們從戰士窩拖出來三次。」

小虎搖頭，「我們只想知道那地方長什麼樣子。總之，我又不累，為什麼知更翅會累？」

豹足拿他沒輒，轉身對著蛇牙說：「如果他爸爸還在的話，說不定他就不會那麼愛頂嘴了吧？」她嘆氣。

蛇牙抽動頰鬚，「我覺得沒有任何貓能影響這隻年輕公貓。他以後一定會是名優秀的戰士。」

豹足露出喜悅的眼神說：「當然囉。」

當藍毛加入族貓們時，花尾的毛輕刷過她，斑皮對她點點頭，連玫瑰尾也走到她旁邊，一副把她當成需要指導的見習生似的。藍毛抽身離開，沒有任何貓能夠安撫她的傷痛，她只求他們能讓她獨自靜一靜。

樹林裡充滿涼意。自從綠葉季以後，她已經很久沒有感受過這種冷風吹過樹梢，冷得打哆嗦的感覺。群貓們慢慢穿過樹林，羽鬚走上前到她旁邊。這一次鵝羽沒有跟來。雖然沒有貓明說，不過部族內似乎已經有了不要讓這老巫醫跟其他部族接觸的默契。他的言行舉止已經到了無法捉摸的地步。

羽鬚望著遠方，喃喃地說：「祂會在那裡一直看著妳的。」

藍毛知道他指的是雪毛。她隔著樹枝望向銀毛星群。雪毛在天上有什麼用？部族需要的是在地上的祂，「祂有在夢裡給你訊息嗎？」

羽鬚搖搖頭，說：「還沒，不過我知道雪毛從沒停止過照看妳和小白。」

藍毛感覺不出這些話對他們還有什麼意義可言。

羽鬚用身體碰觸藍毛，「妳必須教小白，學習做正確的決定，學習如何像個真正的戰士照顧雷族。」

「他有知更翅和豹足可以教。」藍毛提醒他：「還有捷風啊。」那虎斑戰士剛剛生產不久。小斑點、小紅還有小柳連眼睛都還沒有睜開。

「她們是會照護他沒錯，」羽鬚同意道：「不過妳是部族裡唯一能替代雪毛位子的貓，畢竟妳是他的親屬。」

「他還有薊爪。」

「薊爪只會把他教育成為一名凶猛的戰士，」羽鬚喃喃道：「那麼誰來教他剛柔並濟的道理呢？誰來教他對部族忠誠是用心，而不是用利牙、利爪呢？」巫醫見習生在林間踩著每一步，悄然無聲地繼續往前走去，留下陷入思考的藍毛。

藍毛跟在族貓們後頭，穿梭在銀白色的森林，凝視著天空上的星宿。她努力去想像在月花身邊的雪毛往下看她的情景。但所有的星星就像在遙遠黑暗中閃爍的點點碎冰，美麗眩目卻無用，徹底地無用。

四喬木上方的月亮像一彎冰冷的白色眼睛。影族和河族已經聚集在空地上。當影族到達時，風族也正火速從高沼澤地趕到。貓兒們興奮地發出呼嚕響聲，彼此交換消息的聲音溫暖了寒冷的黑夜。藍毛看著自己的族貓們散落在貓群中，感覺他們好遠、好遠。

「最近還有把腳弄濕嗎？」

一個低沉、熟悉的喵聲讓她轉過身來。

橡心！

她立刻想起了和雪毛最後一次的對話。**他只是個會帶來麻煩的傢伙**！她說得沒錯。

「你在自己部族難道都沒有朋友嗎？」她叱喝道。

橡心驚訝地退了一步，「雪毛的事我聽說了，」他喵聲說道：「我很遺憾。」

「這不干河族貓的事。」她啐了一口。

頓時之間，這河族戰士似乎不知道該說什麼。他看了她好一會兒後，接著輕聲說：「要是曲顎出了事，我一樣也會不知所措。」

「你不懂。」藍毛忿忿地走開。他臉皮還真厚，自以為了解她的感受。

「真是棒呆了。」

藍毛差點迎面撞上金花。

這名年輕的淡薑黃色戰士興奮地瞪大眼睛，看著群聚的貓兒們，「我從沒有見過場面這麼浩大的集會！」她忘我地說道，直到瞥見藍毛的眼神才停下來說：「怎麼啦？」

「橡心太愛管閒事了。」藍毛發出低沉怒吼。

「不要理他啦！」她說：「他已經自大到沒地方長腦了。」

藍毛哼一聲，「妳形容得真貼切，他就是那種自以為是又討人厭的傢伙。」

「妳看！」金花抬頭望向巨岩，各個族長們往上一躍，「他們要開始說話了！」她急急忙忙擠身穿過部族的貓，跑到前頭。藍毛沒有跟上去，覺得待在後面比較自在些。

玫瑰尾在她身旁坐下來，「風族的每隻貓都肥滋滋的。」

藍毛起先沒有注意到，但在仔細一瞧後發現，那些住在高沼澤地的貓兒們，這次各個看起來似乎都一副健壯飽食的模樣，「我只希望他們不要胖到連兔子都抓不動才好。」她小聲說道：「最好別讓我們再看到他們重施故技，越界偷打獵。」

玫瑰尾用肘部輕推她一下，「脾氣別這麼壞嘛。」

陽星對著部族宣布：「雷族有三隻剛出生的小貓。」雷族間立刻發出感恩的低語聲，「並且新增了兩名戰士。」雷族族長低頭看著自己的族貓，「他們是獅心和金花。」

一聽到族長喊到自己的名字，這兩隻年輕的貓立刻豎起耳朵、伸直頰鬚。等歡呼聲平息後，陽星繼續宣布。

「我們把一隻狐狸趕回兩腳獸的地盤，並抵禦了家貓的入侵。」

藍毛心想，不知道有沒有任何巡邏隊隊員看過松星的蹤跡。

「影族有了新的巫醫。」這次換杉星說話，他看著那濃毛平臉的灰色母貓。藍毛在幾個月前的大集會中看過她，「從現在起，黃牙將和賢鬚一起工作。」

藍毛半瞇起眼。黃牙和鷹心一樣都曾先當過戰士。以她過往的經驗看來，這兩種身分的結合可是相當危險的。巫醫不應該學習戰鬥技能，應該專心接受醫治族貓的訓練。

霰星充滿敬意地點點頭，「歡迎妳，黃牙。」

「願星族照亮妳的道路。」陽星喵聲說道。

楠星走向前，「祈求妳的祖靈在工作上給妳明智的指引。」

藍毛把目光移到巨岩底下。她驚訝地發現，影族副族長鉅皮正瞇起眼，看著黃牙，而那灰色母貓則是目光如炬地瞪了他一眼。這兩隻同族的貓是不是剛剛吵了一架？藍毛抽動耳朵，黃牙看樣子似乎不是一隻隨和的貓。藍毛反倒開始覺得影族很可憐，他們必須忍受這隻未來繼承賢鬚的巫醫。

楠星開始宣布道：「今年的綠葉季，風族可說是大豐收。高沼澤地從沒有出現過這麼多的兔子，星族給我們這麼慷慨的禮物，我們當然也善加利用了。」

霰星跨步向前，「河族也享受了豐美的獵物季節，河裡滿滿的魚，河岸也貯存了許多獵物。」他低頭掃視自己的族貓。藍毛注意到，那河族領袖正看著橡心，「唯獨有一件事讓我們的部族蒙上了陰影。」他對著那河族戰士點頭，「這就交由橡心來跟各位報告。」

當橡心往巨岩一躍，藍毛哼地一聲，「他沒有站在上面的資格。」她發出嘶聲對著玫瑰尾說。

其他的貓顯然並沒有強烈反對。只是各部族一片嘩然，所有貓都在底下開始交頭接耳。

「很抱歉，」橡心開口，他的聲音清楚地迴盪在空地上，「我是沒有站在這裡的資格，但因為在場這麼多隻貓的關係，要是我站在下面，恐怕沒有辦法讓全部的貓都聽到我說話。」他對著岩石下方一片黑鴉鴉的身影點著頭，「也請各位對我的膽大妄為多多包涵，我並不是有意要冒犯各位。」底下的窸窣聲停止。每隻貓都豎起耳朵，抬高鼻頭，聆聽這年輕的戰士接下來到底要說些什麼。

「可真是圓滑啊。」藍毛咆哮。

「對呀，」玫瑰尾低聲說：「而且超帥。」

「妳該不會真的覺得——」

「噓！」玫瑰尾打斷她說話，「他要開始講了。」

「兩腳獸在我們地盤上紮營。他們把巢穴弄得小小的，而且不固定，一批舊的兩腳獸走了，緊跟著新的一批兩腳獸又出現。在綠葉季期間，我帶領巡邏隊監視他們的舉動。」他的喵聲鎮定，而且清晰。他的目光掃過各族，一一看著每隻貓，「我們想要查出兩腳獸的真正意圖，看看他們會不會大舉入侵，或許他們正在找尋一個兩腳獸的新營地，這也是不無可能。就我們目前所做的觀察，這不像是兩腳獸平時的築巢作風。他們把那些在風中啪啦作響、用軟趴趴皮毛所製成的窩帶過來，離開時，又會把它們撤走。他們雖然會離開營地，在一小段河岸嬉鬧妨害安寧，但大部分的時間，他們似乎還蠻平和的，不是很干擾到河族的地盤。到目前為止，還沒有任何兩腳獸走近過河族營地。不過，在緊急的情況下，我們也擬出了轉移他們注意力的因應對策。」

贊同的喵叫聲從各族間傳開。

「真是有智慧的見解。」蛇牙喃喃道。

風族的高尾對著一隻族貓點頭，「看樣子他們把這情況控制得很好。」

橡心一聲不響地跳下岩石，霰星接著報告：「落葉季來臨後，兩腳獸就比較少來了，希望禿葉季嚴寒的天氣能一舉將他們驅趕出這裡。」

「哇。」玫瑰尾靠在藍毛身邊，說：「為什麼我們雷族就沒有像這樣的戰士呢？」她嘆了一口氣。

藍毛假裝聽不懂玫瑰尾在說誰，「像霰星那樣嗎？」

「當然不是，鼠腦袋！」玫瑰尾輕推她，「像橡心那樣啦。」

「別忘了，他是河族的貓。即使現在是停戰狀態，我們還是要對雷族忠心。」玫瑰尾對這河族戰士癡心稱讚的一番話，藍毛聽得很不是滋味。我該不會是嫉妒吧？她很快把這樣的想法甩開。各族長們一一從巨石跳下。豐美的綠葉季為部族間帶來了和平共生的榮景，而且沒有什麼事情需要討論。說不定他們回到營地時，小虎還醒著呢。

藍毛輕步走上斜坡，刻意走在所有族貓前頭。她不想再聽到任何對那年輕河族戰士的讚美。她要把橡心的身影拋到九霄雲外。若不是因為他，雪毛也不會死。不過他那在月光中閃爍的目光依舊縈繞在她的腦海。藍毛想起那天她在河邊對雪毛說的話：**並不是所有河族的貓都作惡多端，不是嗎？我的意思是，他們和我們一樣都是貓。**

藍毛聽到後面的腳步聲，陽星趕到她面前，「妳是不是趕著要回營地去？」他有點上氣不接下氣地問。

「我只是想要回去休息。」

「妳很累嗎？」

「有點。」

「好。」雷族族長以和緩的喵聲說道：「我注意到妳好像都沒睡好。」

你說呢？藍毛再次豎起毛髮。

「很高興妳今晚能加入我們。」

「我有選擇的餘地嗎？」

「我們永遠有選擇的餘地，」陽星提醒她，「我想星族會證明這一切。」

藍毛沒有答腔，正納悶著雷族族長到底要跟她說什麼。

「比如。」他繼續說道。

他要開始囉唆了。

「妳可以選擇幫助部族，或是成為部族的負擔。」

「我才不是個負擔。」

陽星似乎不太理會藍毛的抗議。

「妳可以選擇用成天把下巴托在腳上的方式懷念雪毛，或是成為她期望中的戰士。」

這一番對話感覺很熟悉。在月花死時，他也曾這樣和她說過話。

「雖然雪毛的死讓妳感到很悲痛，」陽星坦言，「但是生命還是得繼續。小白會成為見習生，然後變成戰士。妳可以選擇幫助他，或是讓他自生自滅。」他們穿過灑滿月光的林間空地時，雷族族長看了她一眼，「藍毛，我對妳有很高的期許。我當過妳的導師，在我的心目中，妳永遠是我的見習生。我希望妳能加油，努力成為一名頂尖的戰士，我相信雷族終有一天會需要藉助妳的才能。」

藍毛慢慢停下腳步，讓陽星獨自往前走。**他是不是知道預言的事？**肯定不是，要不然他剛剛應該會提才對。而且，帶領雷族稱霸森林的神氣模樣，好像也不再那麼令她興奮了，畢竟她已經無法和雪毛、月花分享成功喜悅。她怎麼會天真到把鵝羽不著邊際的預言當真？雪毛說，那只是一個古怪老巫醫的無稽之談。或許她說得沒錯。

族貓們紛紛湧到山谷頂端，藍毛往下一望，腦海中迴盪起鵝羽的話。

妳是一團燃過森林的熊熊大火。不過小心，即使是最猛烈的火焰，也會被水熄滅。

第三十章

一進入睡夢，狂暴失序的聲音和畫面即刻伴隨而來。藍毛夢見星星在狂風呼嘯的森林上方旋轉著。一陣陣強風從沼澤地吹過峽谷邊緣，狂扯她的毛髮，她遠遠望著下方吐著白沫的湍流，步履蹣跚地走著。一團模糊的白色身影在狂奔的水流中不停打轉，急急被沖往下游。

「雪毛！」藍毛驚恐的尖叫聲很快被狂風吞沒。被捲入水波底下的雪毛，在又被捲上水面的剎那，立刻用尖銳的聲音喊道：「小白！」

藍毛往更下游處一看，赫然驚見還有更小的一團身影在水流中翻轉。

「我的兒子！」雪毛的哭喊聲從高聳的岩壁間傳來，水從中垂瀉而下，在底下化成翻騰的怒濤。

「不！」藍毛沿著峽谷飛奔而去，慌亂地踩著每顆大圓石，躍過岩架，往下游水流較和緩的地方尋去。要是雪毛和小白能夠安然躲過中游鋒利岩石的死亡威脅的話，她就能在下游處和他們見面。

當水無情地將他們往下沖，藍毛可以感覺到他們的恐懼，感覺到他們耳朵、眼睛、鼻子裡灌滿了水，腳掌無助地在湧瀉的水流中拍打的樣子。她可以感覺到他們忍著肺部的疼痛，死命地伸出頭來，喘氣掙扎的樣子。她可以感覺到那殘酷的水不斷往他們身上沖打，他們脆弱的身體擦過尖銳的石塊，撞擊著一顆又一顆的大圓石。

到了谷底，水緩緩流過坡岸，藍毛想盡辦法走到淺灘處，將目光移到上游，開始尋找雪毛和小白的身影。雖然水淋濕了她的毛髮，試圖將她沖離崖邊，不過她的腳爪依舊牢牢地攀住河床。她向星族禱告。

受溺水之苦的應該是我，而不是她們。不該把我的命運轉嫁到他們身上。

雪毛第一個現身。她被沖出峽谷水面，只有微微露出頭的部分，「救我的兒子！」河水又一次將她捲進底部，她充滿驚駭的尖叫聲，瞬時間被波浪吞噬。

「雪毛！」藍毛聲嘶力竭地喊，用盡全力想要走近她的妹妹，但卻被湍急的水柱沖回來。這時，一小團白色的毛突然快速地往她的方向移動。

小白。

她可以救他。那一小團身影揮動著腳掌，奮力朝她游過來，尖叫聲劃破了天際。

我不准你死。

藍毛縱身躍入水中，抬高下顎。當小白靠近時，她猛撲向前，用牙齒一口拎住他的頸項，把他拉到身邊。她踢著腳往前游去，直到感覺河床在她們腳底下，才站起身，拖著小白，一跛一跛地走上岸。

「你現在安全了，」她邊喘氣，邊咳出水，「沒事了。」她發出激動的喵聲，要他睜開眼睛，「我不會讓任何事情傷害到你，永遠不會！」

但小白躺在那裡一動也不動，水從他的唇邊汩汩流出，皮毛也不斷地滲出水來。

藍毛壓制住心裡的惶恐不安。**醒醒啊！已經安全了！**冰冷的水沿著她的頸部流下來，讓她不禁打了個寒噤。

「老鼠屎！」此刻傳來絨皮的抱怨聲，「上面又漏水了。」

藍毛很快地坐起身。雨水從上方的紫杉樹枝滴進窩內，把她的毛都淋濕了。她急忙跳開自己睡覺的地方，拔腿狂奔出窩巢。

「小白！」她邊喊著，邊急忙鑽進籠罩在一片暗影中的育兒室。數隻驚慌的眼睛睜得又圓又大，在黑暗中閃爍。

「藍毛？」黑暗中傳來知更翅惶恐的喵聲，「怎麼了？」

藍毛掃視巢穴，想找出小白的雪白色身影，「他在哪裡？」她問道。

噢！星族啊！我不能連他都失去！

「藍毛！」一聲興奮的喵叫聲從知更翅的床鋪傳來，藍毛看見小白的毛皮在黑暗中發出淡淡的光。

「現在已經三更半夜了，妳在這裡做什麼？」

她奔向他，緊緊地圍住他小小的身體，充滿感激地閉上眼睛。**感謝星族，那只是一場夢。**

「哎呦，我快被妳擠扁了啦！」小白反抗。他扭動身體，打著哈欠，在藍毛側腹旁邊休息。藍毛小心翼翼，連氣都不敢喘一下，看著他沉沉入睡，直到黎明的光從蕨葉縫間灑落而下。

他突然驚醒，眼睛睜得斗大，「我以為我是在做夢，沒想到妳真的來看我了。」他高興地叫著，「妳能來這裡我超開心的，我好想妳喔。」他伸長身子去舔藍毛的下巴。藍毛突然感到愧疚。她怎麼會想要拋棄他？現在唯一能讓她想起雪毛的就只有他了。

「妳看我學會了什麼。」小白匆匆從她身邊跑開，在育兒室地面擺起蹲伏動作，他的尾巴揚起，肚子緊貼著鬆軟的泥土，一副駕輕就熟的狩獵姿態。

「很棒。」藍毛喵聲說道：「誰教你的呢？」

「獅心。」小白得意地喵了一聲。他對著她眨眨眼，圓圓的藍色眼珠像極了他的母親，

「妳可以教我一些格鬥技巧嗎？」

「等你長大些再說吧。」

小斑點正吃力地從捷風的床鋪爬出來。她玳瑁色皮毛上的白色斑點在微亮的清晨中閃著光。小白急忙走到她面前，喵聲說：「妳想跟我學打獵的蹲姿嗎？」她點點頭後，蹲了下來，在一旁的小白用嘴巴穩住她的尾巴，「妳必須一直保持這個姿勢，不要動。」滿口貓毛的小白喃喃說道。

「謝謝妳這麼費心在照顧他。」藍毛對著知更翅喵了一聲。

嬌小的棕色母貓抬起頭，小霜和小斑條在她肚皮邊微微扭動，不耐地喵喵叫。「他是個很惹人疼愛的孩子。」知更翅喵嗚道。

藍毛哽咽，彷彿喉嚨裡卡了一粒石塊，「真希望我之前就能多來看看他。」知更翅用尾巴末梢輕拂藍毛，「小貓很健忘的，」她輕聲說：「他們只會記得妳做過的事。至於妳沒做的事，他們是不會放在心上的。只要妳願意，還是能改變一切。」

藍毛看著她琥珀色的眼睛，「我願意。」

「攻擊！」小白發出一聲警示的吼叫聲後，便對著藍毛襲擊。他小小的腳爪扎進藍毛的毛皮，在她身上來回擺盪著。藍毛像獾一樣地吼了一聲，在巢穴裡來回踱步，假裝想把他甩開，他高興地發出尖叫聲。

貓毛在入口散落一地。

「薊爪！」一看到這公貓擠身進入育兒室，小白喵叫了一聲，開心地和父親打招呼。

薊爪的目光越過兒子的頭，臭臉瞪著藍毛，「妳來這裡做什麼？」

「來看看小白。」藍毛毫無退怯地站在原地，任薊爪對她怒目而視。

「陽星要妳去執勤巡邏。」薊爪告訴她：「妳必須離開。」他半眯起眼睛，「愈快愈好。」

他轉身對著小白，用強而有力的腳掌把小白甩出育兒室，「年輕戰士，我之前教你的格鬥動作，你準備要練習了沒？」他跟在孩子後方鑽出來，「你永遠不知道卑劣的河族毛球會什麼時候偷偷潛進營地。」

藍毛跟在後面，急急抽動耳朵。小白還太小，不適合格鬥訓練，「他有可能會受傷！」她反對。

此刻，薊爪已經催促著這年輕小貓蹬起短胖的後腿，「來，小戰士，看你能不能做好閃躲動作。」他的腳掌從小白的耳朵旁一揮而過。

藍毛跑到他們身邊，「住手！他還沒準備好！」

薊爪撅起嘴，「妳怎麼知道他還沒準備好？」他質問道：「這一個月來妳幾乎沒來看過他。」

藍毛退了一步。

「他現在只有我，」薊爪繼續說：「我一定會把他調教成一名讓雷族引以為傲的戰士。」

「他也還有我啊！」藍毛爭辯。

不過薊爪已經帶著小白，正準備到別處練習。藍毛看著他們的背影，感覺一陣空虛。

鵝羽從口中呼出的惡臭味騷動著她的耳毛，「薊的刺尖如爪，」他喃喃地半自自語：「不要讓小白被刺所傷。」

藍毛一轉身，老巫醫已經拖著腳步離開了，口中唸唸有詞，好像沒察覺自己剛剛跟藍毛說過話。一股挫折感從她的腳湧了上來。為什麼鵝羽每次說話總是語帶玄機？他是在警告我要提防薊爪嗎？小白跟著他父親真的能安全嗎？因為雪毛信任他，所以藍毛也曾試著相信那刺毛戰士的能力和忠心。

她轉過身看他，一股不信任感油然而生。

他重新指導小白，「當你撲身時，試著在最後一刻扭動身體。」年輕的小貓真的能應付這樣高難度的格鬥動作嗎？

「藍毛，原來妳在那裡呀！」陽星從高聳岩下方對著她喊道：「我正在統整巡邏隊。」絨皮、花尾、蛇牙、罌曙正圍著他集合，金花和獅心則在旁邊走來走去。

藍毛甩甩頰鬚，把剛才所想的事放到一邊，走去加入他們的行列，「褐斑呢？」巡邏隊的工作通常都是由雷族副族長發落的。

「他生病了。」陽星告訴她。

「妳難道沒發現他最近已經瘦成皮包骨了嗎？」金花提到。

藍毛突然恍然大悟。她已經有好一陣子除了悲傷外，什麼事都沒注意到，「羽鬚有治療他嗎？」

陽星點點頭，「他說他可以幫他減輕疼痛。」

「他知道是什麼病嗎？」

頓時陽星眼神暗了下來，「他不知道，不過他說這一場病，會和前幾次一樣，過幾天就會好了。」

褐斑已經生了好幾場病？

藍毛突然感到憂心忡忡。禿葉季如猛獅，虎視眈眈地在前方埋伏著。現在生病等於自尋死路，「薊爪說你要我加入巡邏。」她對著陽星喵聲說。

「黎明巡邏隊已經出發了。」

「對不起。」藍毛垂下尾巴，「我會跟著下一批出發。」

陽星聳聳肩，「不要緊的。聽到妳去看小白，我已經很高興了。」他望向那隻還在跟著父親受訓的雪白色小貓，「妳等一下可以跟薊爪去狩獵。」

藍毛的心一沉。

這起碼可以讓薊爪離開兒子身邊好一會兒。她並不是有意要把薊爪和小白分開，儘管這隻年輕的公貓已經看起來很累，薊爪還是一直要求他做困難的打鬥動作。太陽已經移到樹的頂端，小白都還沒吃東西。

雪毛，希望妳不會看走眼。

藍毛跟著薊爪穿梭松樹林，伐木怪獸在遠處發出怒吼聲。每年到了這個時候，雷族領地內的矮木叢就會被雨淋成一片平坦，在這四周光禿禿的林地裡，只要獵物一有動靜，很輕易就能察覺到。

「陽星一定要趕快把陽光岩攻下。」薊爪不斷強調雷族領袖必須將河族一路趕出山谷的事，這讓藍毛聽得有些不耐煩。

「其他部族都在等著，」他繼續說：「如果過了一整個禿葉季後，我們都還讓那些魚臉霸占著雷族領土，他們一定會認為我們很好欺負。」

薊爪隱身在一堆疊放整齊的木頭後面。藍毛聞到了松鼠的氣味，立刻停下腳步，蹲伏下來，豎起耳朵，仔細聆聽那小小腳掌跑跳的聲音。那團灰色身影身手矯健地穿過滿地針葉的樹林。這麼小的獵物連長老都餵不飽，不過要是能愈早抓到東西，就能愈早返回營地。只有星族知道陽星要他們一起出來狩獵的用意。他是希望藉由一起狩獵，讓小白的親屬能團結在一起嗎？

一想到這裡，她皺了皺眉頭，開始將注意力轉移到松鼠身上。

「入侵者！」薊爪的一聲嗥叫，把松鼠嚇得拔腿躲到樹上去。

老鼠屎！

藍毛一臉不悅地跳上木材堆，「到底怎麼回事？」她低頭看著豎起根根頸背毛髮、眼睛緊盯樹林四周的薊爪。她聞了聞空氣，除了兩腳獸地盤酸腐的刺鼻味，和所伴隨而來的寵物貓惡臭味之外，她什麼也沒聞到。

薊爪壓低身體，「有寵物貓入侵，」他嘶聲說道：「跟我來。」

藍毛雖然對薊爪的呼來喚去有點不高興，但還是跳下木材堆，跟著他走。空氣中只有很淡的寵物貓氣味—並不像是真的侵略。她搞不懂為什麼薊爪要這麼小題大作。

「這聞起來像小貓的味道。」她說。

「小貓會長大。」薊爪咆哮。

「不可能一個下午就長大吧。」

薊爪轉身對著她，「妳難道要和那些被寵壞的肥貓們分食獵物嗎？」

「我不是這個意思，」藍毛忿忿地說，並坐了下來，「我們回去打獵吧。」

但是薊爪已經越過邊界，朝兩腳獸的一處籬笆奔馳而去。他爬到上頭，沿著籬笆一聲不響地靠近。

「回來！」藍毛嘶叫一聲，「那不是我們的地盤！」

「寵物貓並沒有在這裡留下氣味，來警告我不要靠近。」他吐了口口水。

她緊跟在後，「小聲一點！」

「妳該不會是害怕他們了吧？」

「我只是不懂，為什麼你非要找打架的機會不可！」

薊爪跳下籬笆，迎面對著藍毛，「藍毛，妳知道妳的問題出在哪裡嗎？妳心腸太軟了。妳對其他部族的貓心軟，對寵物貓也心軟。我看過妳在大集會對橡心說話的德性。妳真的在乎雷族嗎？」

「當然在乎！」藍毛嘶吼一聲。他竟敢質疑她的忠誠度，「況且，我才沒有對橡心客氣！」

「我必須看到更多證明後，才能允許妳靠近小白。」薊爪走回樹林。

藍毛緊緊跟在後頭，「他也是我的親屬啊！」

「他需要妳的時候，妳當時在哪裡？」薊爪咆哮：「全是我陪在他身邊。妳最好離他遠一點……否則，別怪我不客氣。」

第三十一章

藍毛撅起嘴唇，「我倒要看看你怎麼的不客氣法。」她咆哮著，沒有等他回應，立即轉身掉頭，飛奔穿過樹林，回營地去。薊爪可以自己完成狩獵工作！

「這麼快就回來啦？」陽星攀到山谷頂，正好遇到要返家的藍毛。

藍毛忘了事先把藉口想好，只能半張著嘴，看著他。

「沒有任何獵物嗎？」陽星繼續問。

她要怎麼說出薊爪威脅她的事呢？又有誰會相信一個忠心的戰士會對他的族貓說出那樣的話？連她自己都不敢相信了。

「獵物少得可憐，所以我就提早回來，想說多陪陪小白。」雖然這個藉口很沒有說服力，但起碼有部分是真的。

陽星側著頭說：「很好，」他喵聲道：「妳的陪伴一定會對他有所幫助。」他停頓了一下，說：「妳今天似乎有比較像原本的妳了。」

真的嗎？她看著他，希望這是真的。

「去看看小白吧，」他很快地說：「我估算，等到小白要見習時，妳也剛好差不多要有自己的見習生了。幫助栽培小白將會帶給妳一些珍貴的經驗。」

「謝——謝。」雷族族長的鼓勵讓藍毛有些不知所措，她不知道自己有沒有這樣的資格。她悄然滑過山谷邊緣，然後往下一躍。

「不過，下次不要再中途放棄獵食就是了！」陽星從她後方喊道。

「不會的！」她保證。

當藍毛鑽進育兒室時，小白已經熟睡了。

「我一餵他吃完東西後，他就喊累。」知更翅不好意思地說：「我想薊爪把他給累壞了。」

藍毛用鼻子輕輕拂過他，他在睡夢中翻身，小小的腳掌貼放在藍毛的鼻頭上，那腳掌就像兔子尾巴一樣柔軟。他身上的味道和雪毛一模一樣，藍毛聞了聞後，接著走出育兒室。

「今天獵得怎樣啊？」鶇皮的喵叫聲把她給嚇了一跳。

「不是很好。」

「你們去了哪裡？」

「松樹林。」

鶇皮將目光移到她後方的育兒室，「小白還好嗎？」

話。

「他很好。」

「有妳照顧他，他真的很幸運。」

「不知道耶，」藍毛低頭看著自己的腳掌，「到目前為止我做得不是很好。」

「妳有太多事得面對。」他的眼神變得溫柔，「我想妳一定會是個好母親的。」

藍毛張嘴努力想找話說，耳朵也開始脹熱。鶇皮挪動腳步，似乎很後悔自己剛剛所說的話。

「玫瑰尾在那裡！」藍毛看到好友嘴裡含著一隻田鼠走過去，心裡突然鬆了一口氣，馬上高高興興地跑過去找她。

玫瑰尾把田鼠放到獵物堆裡，「妳和鶇皮真是速配的一對耶。」

藍毛退了一步。她來這裡就是希望逃開這個尷尬的話題，沒想到反而更糟，「他——他只是好朋友。」她隨口說：「我們不是一對。」

「是嗎？」

「我忙著照顧小白，現在根本沒有心思去想這種事。」藍毛喃喃地說。

「但是妳也得找個伴侶了，一看就知道鶇皮對妳有意思。」

「雪毛的小孩比較重要。」藍毛堅持，「他已經沒有了母親，所以我更要好好照顧他。」她絕不能讓薊爪把小白教壞。族貓所需要的技能不僅僅只是戰鬥和驅逐入侵者而已。雪毛就是因為這樣被活活害死的。

玫瑰尾繼續聊天，「我剛剛看到褐斑了。」她說：「他正在巫醫窩。他跟我說他病得很重，連吃東西的力氣都沒有。他也說自己可能會交出副族長的職位。」

「妳說什麼？」藍毛頓時回過神來。

「陽星必須指派另外一隻貓。」

藍毛眨眨眼，「會是暴尾嗎？」那隻灰色戰士一定會高興萬分。

「還是蛇牙？」玫瑰尾想到另一個人選。

藍毛瞇起眼睛。副族長必須是勇氣與智慧兼備。也不能因為這樣就說蛇牙是個鼠腦袋，不過他的眼光的確只是放在打仗這件事，從不會想到長久之計。

「也有可能是薊爪。」

玫瑰尾新提議的人選讓藍毛倒抽了一口氣，「他太年輕了！」

「他說他要當雷族有史以來最年輕的副族長。」

「絕不可能。」

「他常常把這件事掛在嘴邊說，」玫瑰尾喵聲說：「副族長是很大的職位耶！」她哼了一聲，「說得好像陽星肯定會找他當副手一樣。讓他隨便尾巴一揮，就帶領我們上戰場。」

藍毛在糊足的窩裡東翻西翻，清出破爛不堪的青苔碎屑，努力把遇到鶇皮的事遠遠拋到九霄雲外。部族裡面因為沒有見習生，因此年輕的戰士就必須輪流清理長老窩。執行清晨巡邏的藍毛因為提早回來，於是自告奮勇幫忙照顧長老的生活起居。

「等一下獅心就會帶回新鮮的蕨葉了。」她告訴他。

「希望不會太晚。」草鬚抱怨說：「這裡幾乎沒有東西可以讓我坐著休息了。」

雀歌喵嗚道：「你腳下的肥肉墊還不夠讓你舒服坐一會兒嗎？」

她說得沒錯，草鬚在過了一個大口吃肉的綠葉季後，的確是比以前肥多了。

「我答應過羽鬚，也要幫你們檢查身上是不是有蝨子。」藍毛喵聲說。

石皮搖搖頭，「這個我們自己來就可以了。」他帶著固執的語氣跟她說。

「不過要是……」

「要是有發現任何一隻蝨子，我會馬上跑去跟羽鬚要膽汁。」

「謝謝。」藍毛表示感謝。她想要到森林為部族巡邏、狩獵。她還有很多需要彌補的地方。

此刻陽星正從斷枝殘木外邊喊道：「所有能夠自行狩獵的成年貓都到高聳岩集合。」

藍毛不明白為什麼他還在用以前松星對族貓發布施令的口號，雖然小霜、小斑條、小斑點、小柳、小紅年紀小到連獵物長什麼樣、狩獵是怎麼一回事都不知道，但聽到這句話時，他們一定會匆匆跑出來，想看看到底是怎麼一回事。

當藍毛從糾結的樹枝間鑽出來時，小虎已經站在空地中央，抬頭望著陽星。捷風和知更翅鑽出育兒室，她們的孩子們晃頭晃腦地跟在身邊，眼神裡充滿興奮；絨皮和白眼從蕁麻叢邊站起身；獅心和金花正拖著一堆蕨葉穿過營地入口，在聽到口號後，馬上把蕨葉擱在金雀花叢旁，趕去加入族貓；正在戰士窩外伸著懶腰的蛇牙，和站在空地邊緣聊天的瞿曙、斑尾、風翔和花尾，大家在聽到陽星一喊後，便都紛紛跑了過來。雀皮旁邊的羽鬚和鵝羽，早已在那裡端坐好，緊緊地把尾巴盤在腳上。

藍毛在玫瑰尾旁邊坐了下來，並瞄到蹺縮在蕨葉隧道內的褐斑，他瘦弱的身體不停地發抖，毫無光澤的毛髮掩映在斑駁暗影下。

族貓們滿心期待地抬頭看著雷族族長。

「族貓們，讓我們歡迎新的見習生。」陽星的眼睛緊盯著小虎，並跳下高聳岩，示意這年輕公貓走上前。豹足既激動，又滿是驕傲。

雷族族長繼續說：「現在小虎六個月大了，已經能開始訓練。在取得戰士名以前，他的名字就叫虎掌。」

藍毛身體向前傾，急著想知道誰會是他的導師。陽星才在今天早上暗示過藍毛，她也差不多該有自己的見習生了。

「薊爪將成為他的導師。」

這刺毛戰士走向前，高高揚著尾巴，用那寬大的鼻頭輕壓虎掌的頭。

「虎掌！虎掌！」在族貓們的一片歡呼聲中，藍毛努力壓抑住突如其來的失落感。為什麼陽星會選擇薊爪，而不選她？他才剛當上戰士不久，難道陽星看不出來他是個危險分子嗎？

玫瑰尾把身體靠向她，溫熱的鼻息在她耳畔騷動，「這下可好了，他對自己成為下任副族長一定又更深信不疑了。」玫瑰尾喃喃說道。

藍毛感覺一陣寒意直竄背脊，一股莫名的不快湧上心頭，她伸出爪子，像是準備上戰場的樣子。

一個小東西在她身後磨蹭，她轉身看到小白已悄悄離開貓群中，「還好他們沒派妳去當虎掌的導師，」他喵聲說：「因為我要妳當我的導師。」

藍毛看了一下正瞇眼望著族貓們的陽星。他微點著頭，彷彿同意小白貓說的話。她很快就會成為導師，不過她是否有足夠的時間成為下一任副族長呢？當看到褐斑跌跌撞撞地走回蕨葉隧道時，藍毛忍不住繃緊肚皮。

陽星邊說，邊讓罌曙走向前，「我還有一件事要宣布。」雷族族長喵了一聲，「罌曙已經決定要搬到長老窩了。」

藍毛眨眨眼，她從沒有注意到罌曙已經老了。現在仔細回想，才察覺這隻暗棕色母貓常常是拖著腳步跟在狩獵隊後面，所帶回來的新鮮獵物也比其他貓的獵物瘦小。這也是她第一次注意到這戰士鼻頭周圍的灰色斑點。

罌曙一鞠躬，「我很感激部族長期以來讓我有為大家效命的機會。往後我將會在長老窩安享天年了。」她正式宣布。

族貓們紛紛一擁而上，對著她磨蹭鼻子，擺動尾巴。

虎掌擠入群貓間，碰了碰罌曙的鼻子，「我一定會比其他見習生更照顧妳的！」他信誓旦旦地說。

「這有什麼難的，」玫瑰尾喃喃地說：「部族就只有他一個見習生啊。」

藍毛雖然因為這句玩笑話忍不住抽動頰鬚，但也不禁佩服起這隻年輕公貓的熱誠。想當初自己在當見習生時，她是多麼厭惡像清理長老窩這類乏味的差事。虎掌顯然是抱定了遵守戰士守則的決心。她只期望薊爪不要一味地灌輸他戰鬥勝於照顧部族的觀念。

「最後，」陽星還有一件事要宣布，「在褐斑生病的這段期間，蛇牙會頂替副族長的位子。」

蛇牙鼓起胸膛，暴尾立刻對著這位戰士點頭致意。

「等到褐斑病一好，就會回到副族長的崗位。」陽星補充說道。

暴尾、絨皮、蛇牙彼此閃爍著不安的眼神。這些資深戰士們對褐斑的病情顯然不像族長那樣樂觀。

鵝羽站出來，「我需要採草藥的幫手。」他宣布。族貓們紛紛盯著他瞧。藍毛猜想大家一定是和她一樣，對巫醫又恢復了以前的樣子感到很驚訝。

「藍毛？」鵝羽把頭側向一邊，「跟我來吧。」

藍毛看著陽星，等他答應。雷族族長點點頭。藍毛一肚子的驚慌不安。為什麼鵝羽要選她？她渾身不自在地跟著這步履蹣跚的公貓走進森林。他是不是要說預言的事？她想他大概已經忘得精光，而且她也開始懷疑那預言可能只是他諸多瘋言瘋語中的一件，到最後一定會煙消雲散。若不是關於預言的事，也有可能是星族把她如何遇到橡心、在她的內心如何掀起巨大波瀾的事告訴鵝羽。畢竟，所有事情星族都看在眼裡，祂們要告訴巫醫，也是天經地義的事。

「我注意到妳開始花時間在小白身上了。」當他們爬上林蔭茂密的山坡時，鵝羽說道。

「他是我的親屬。」她喵一聲。

「我也是妳的親屬，」他提醒她，「但妳都沒來看我。」

那是因為你比野兔還瘋癲。

她趕緊把這樣的念頭甩開，害怕他突然看穿她的心思。

「我很高興妳能照顧他。」鵝羽繼續說：「雖然他的心地很善良，但年幼的小貓很容易受影響。」

他該不會又在警告她要當心薊爪吧？她想當面問清楚，但又沒這個勇氣。薊爪畢竟是個忠心，一心只想保護部族、照顧部族的戰士。她的擔憂可能會讓其他貓聽起來覺得不可思議。

「妳有想過預言的事嗎？」他問。

所以他還記得！

她點點頭。

「很好。」鵝羽在一小株枝葉茂盛，散發刺鼻氣味的植物旁停下腳步。藍毛皺皺鼻子，鵝羽開始用腳掌扯下葉片，「要像這樣摘，」他交代著，「不要用到牙齒，否則這東西可是會讓妳的舌頭麻痺好幾天。」

藍毛點點頭後，開始採葉子。看起來蓊鬱的樹葉竟是如此頑強，她發現自己需要很用力，才能把它們扯下來。鵝羽走到一棵平滑的白樺樹前，爪子對準樹幹，身手俐落地刮下樹皮。一條條樹皮就這樣在他旁邊捲成了一堆。

「妳有想過要當下任副族長嗎？」他頭抬都不抬地問。

藍毛遲疑了一下。她應該坦承自己的野心嗎？她還這麼年輕，不知道他會不會認為她太貪心？

「所以妳想過囉？」鵝羽下定論，「很好。」

「不過我連見習生都還沒有，」藍毛提到，「我太年輕了，陽星不可能讓我當副族長的。」

「褐斑還不會死。」鵝羽用尖銳的聲音說：「現在還有時間，不過妳得努力才行。」

藍毛還是半信半疑，「很多戰士都比我有經驗，像蛇牙就是。」

「陽星需要一隻年輕有活力的貓從旁輔佐他。」鵝羽又刮下一條白樺樹樹皮，「如果需要建議，他隨時可以去請教那些資深戰士，不一定要讓他們擔任副手。他所需要的副族長是一隻他可以訓練的貓；一隻不墨守舊規、勇於突破的貓。」

「像薊爪那樣的貓嗎？」藍毛大膽地問。

鵝羽咆哮：「那隻年輕的戰士正是妳必須當上副族長的原因。他走血路，妳走火路。」

藍毛停止採樹葉，感覺鵝羽熊熊的目光正燒過她的毛。他看著她，眼裡冒著火光，「妳一定要心無旁騖！」他嘶聲說道：「在嚴寒時刻，還有什麼比熊熊烈火更好的東西？雷族需要妳。千萬不要讓其他事情分心！」

他是指小白嗎？當然不是！他剛剛才鼓勵她幫忙培育那年輕小公貓。那麼他所指的又會是誰呢？是橡心嗎？

「把這些草藥拿回去。」鵝羽把樹皮堆挪到藍毛的樹葉堆上，「我要靜一靜。」

吃驚的藍毛感覺一陣暈眩。她用雙顎一口啣住草藥，一路蹣跚地走回營地，木然地任那刺激的味道在嘴裡發酵。這是預言的一部分嗎？要是雪毛還活著就好了，她大可以和她討論這件事。雪毛或許能聽懂老巫醫的告誡之意。即使雪毛根本不信那些警告，不過她的誠實分析或許可以幫助藍毛解開內心的結。

一團沙灰色的毛在前方一排蕨葉叢中閃過。

鶇皮。

「嗨！」他熱情地和她打招呼，「需要幫忙嗎？」

滿嘴藥草的藍毛點點頭後，微鬆開嘴讓一些藥草落在地上。鶇皮把他們叼起來，往山谷的方向走去。藍毛心想鶇皮說不定已經等她很久了。她突然感到一股強烈的失落感。為什麼他就無法像橡心一樣在她心裡激出火花？

他們跳下山谷，到了巫醫窩，把藥草放在羽鬚面前。藍毛看見全身濕膩的褐斑，趴在蕨葉窩裡，「他會好起來嗎？」她細聲地問。

「這些藥草應該會有幫助。」羽鬚回答。

褐斑還不會死。鵝羽的話在藍毛耳邊響起。他雖然是這麼說，不過似乎語帶急切。褐斑不會永遠活著，她得隨時準備好才行。

鶇皮在蕨葉隧道口等著她，「妳覺得誰會當上下任副族長呢？」

藍毛吃驚地瞪著他。他該不會是聽到了她和鵝羽的談話？「為什麼這麼問？」

「羽鬚只是說藥草會有幫助。他並沒有說他會好起來。」

感謝星族，他沒有聽到任何談話，「他應該會好起來吧。」

「薊爪一直很努力想當上副族長。」鶇皮繼續說。

我該不會是雷族裡唯一擔心薊爪野心的貓吧？

「但是，」鶇皮若有所思地喵聲道：「資深戰士中有很多人選，蛇牙就是一個很合理的選擇。」

「除非陽星看重的是年輕，而不是經驗。」藍毛發現自己引用鵝羽的話。

鶇皮看了她一眼，「我從沒有想過這一點。」他們走近獵物堆，看到上頭堆著兩隻鮮嫩多汁的麻雀。鶇皮抽動鼻子，「妳肚子餓了嗎？」

鶇皮難道對當副族長一點興趣都沒有嗎？他的確沒有橡心的氣焰和野心；從當天那隻河族戰士在巨岩上對族貓說話的一舉一動，不難看出他想當族長的企圖心。

藍毛挪動腳步，看到玫瑰尾獨自在吃東西，立刻鬆了一口氣，「我得去陪玫瑰尾。」她很快地喵聲說，順手抓了一隻麻雀，匆匆忙忙跑去找她的朋友。

她經過時常在蕁麻叢邊一起分享食物的暴尾和花尾。因為他們常常在一起，幾乎所有族貓都在等著他們宣布懷孕的消息。但是藍毛曾經聽瞿曙對捷風說過，有些母貓不管再怎麼渴望有小貓，就是永遠沒辦法懷孕。

藍毛繼續穿過營地，雀皮和絨皮正忙著用新鮮落葉鋪蓋育兒室。知更翅把小白帶出育兒室，開始幫他梳理毛髮。

「哈囉，藍毛！」他喊道，想盡辦法躲開知更翅的舌頭。但知更翅硬把他拉回來，一腳牢牢地按住他。

玫瑰尾抬頭看著迎面而來的藍毛，「我從沒見過一隻貓這麼失望的樣子。」她凝視著在新鮮獵物堆旁一臉落寞的鶇皮。

「閉嘴。」藍毛把麻雀甩在地上，然後趴下來。

「妳到底哪根筋不對勁？」玫瑰尾責問，「我還真希望能有隻貓像這樣，在我屁股後面跟前跟後。」

「我才沒空應付伴侶。」

玫瑰尾眼神突然變得銳利，「妳想當副族長，對吧？」

藍毛的耳朵脹熱，「是又怎樣？」

玫瑰尾聳聳肩，「並沒有多少貓能坐上副族長的位子，別等著等著就讓其他東西給溜走了。」

飽餐後的藍毛正梳洗著臉，此時鵝羽全身沾滿芒刺，一步步走到空地。他拿起一塊新鮮獵物，開始狼吞虎嚥。

「他一定得這麼大聲吃東西嗎？」藍毛抱怨，突然感覺一陣噁心。她努力去想像鵝羽以前當見習生時年輕身強體壯的模樣，但腦中就是沒有畫面。他或許一出生就是這麼一副走路搖搖晃晃的老獾樣。很難想像他和月花會是同胎的親手足。

虎掌突然從金雀花隧道衝出來，眼神炯炯有光。薊爪走在他後面。他們一定是去做訓練。虎掌還是活力十足的樣子。

「我們可以再練習一下格鬥技巧嗎？」他問導師。

「你先自己練一會兒。」薊爪走到新鮮食物堆。

「可是我要找誰對打？」虎掌在他後方喊道。

「用你的想像力。」薊爪回吼。

小白趴在知更翅旁打起瞌睡，享受著午後的陽光。虎掌向空地四周放眼望去，當他把目光停在小白身上時，藍毛突然全身緊繃，等到他把目光移走，才讓她大大鬆了一口氣。

「我單獨自己就可以殺遍整個敵營。」他誇口。

正拖著蕨葉經過空地的罌曙，抬頭一看，「河族最好要小心一點囉。」她發出呼嚕貓鳴。

豹足從戰士窩快步跑來，「你回來啦，」她高興地喵聲說，接著聞聞兒子的毛髮，「有沒有哪裡受傷？」

虎掌失望地說：「還沒啦。」他繼續說：「不過我學了一個新招。妳看這個！」他抬高後腳在空中一個飛踢，落地一個扭身，前爪順勢猛力一劃。

小斑條和小霜溜出育兒室外，看著這隻年輕公貓。小霜的眼睛睜得又圓又大，露出一臉崇拜。

「非常棒！」蛇牙從蕁麻叢後面喊道。

暴尾點點頭，「比我還厲害了。」

藍毛半瞇起眼。這年輕公貓的臂力驚人，他的爪子似乎比身體其他部位還突出。看到他在泥地上所留下的深抓痕，令她感到不寒而慄。

全場只有鵝羽沒有抬頭對虎掌發出驚嘆。他在新鮮獵物前把背駝得更低，「星族，對不起。」他喃喃自語：「那隻貓不應該存活下來。這不應該發生。」

藍毛吃驚地看看四周。除了她以外，似乎沒有其他的貓聽到他的話。**鵝羽是不是認為虎掌早應該死了？**

第三十二章

「看招！」小白跑過空地，將一坨青苔球砸到小霜身上，「我找到了另一坨。」

小霜蹲伏在地上，準備來一個突襲。但從她身邊飛奔而過的小斑條，腳掌一揮，立刻把青苔球搶走。較年長的小貓們，你一來我一往地丟著青苔球；坐在育兒室外面的小斑點、小紅、小柳則像三隻貓頭鷹寶寶，眼睛緊緊跟著球轉啊轉。

青苔球滾落到藍毛腳邊，她發出呼嚕聲，一腳把它勾住，並將它高高舉起，讓小貓們爭相跳著，要把青苔球撲到手。

知更翅和捷風趴在禿葉季的淡陽下打瞌睡。知更翅睜開一隻眼，「藍毛，謝謝妳來陪他們玩。」

「我很喜歡啊！」她把青苔球拋到空中，看著小貓們爭先恐後地搶奪著。

因為現在薊爪三不五時和虎掌外出，藍毛要和小白玩耍就容易多了。薊爪對見習生的要求很嚴格。只要沒有出去巡邏或打獵，他會在天還未亮之前，就把虎掌叫醒，到沙坑做訓練。虎掌進步神速，在經過一個月的訓練後，已經不脫戰士的架勢了。藍毛只希望他不要太常在營地裡炫耀自己的打鬥技巧。

「教我一個搏鬥招式嘛！」小白天天哀求藍毛。

「你還太小。」她總是這樣告訴他。她一定要盡全力保護小白，讓他平平安安當上戰士。這是她欠他和雪毛的。

「再丟一次！再丟一次！」小霜蹦蹦跳跳地跑回來，青苔球在她嘴邊微微晃動。她把它丟在藍毛腳邊，仰頭用懇求的眼神看著她，「拜託啦。」

藍毛把青苔球撈起來，把它垂掛在一根爪子上來回擺動。她邊抽動頰鬚，邊看著小貓們全神貫注地盯著這團搖晃的青苔球。接著她將球甩到空地的另一邊，小貓們旋即一擁而上，瞬間一陣塵土飛揚。

「藍毛？」陽星走向她，「我要妳到沙坑找薊爪和虎掌。」他瞥了一眼高掛在藍天白雲上的太陽。

藍毛抬起頭，「為什麼？」

陽星表情嚴肅，「我接獲呈報，指出寵物貓闖入邊界。我要妳和他們一起去巡視。」

藍毛知道是誰做的呈報。薊爪從很久以前就想和寵物貓對戰。自從他成了虎掌的導師後，就更變本加厲，好像非讓虎掌清楚知道寵物貓就是他們的敵人似的。他該不會是在擔心這隻年輕公貓會步上父親的後塵吧？

藍毛對著雷族族長點頭後，隨即往營地入口走去。

小白咚咚地跟在她後面，「妳要去哪裡？」

「我只是去查看一下邊界。」她解釋。

「是不是河族又入侵了？還是影族？」小白蹬起後腿，前腳在空中猛揮。藍毛心想，他這格鬥動作該不會是從虎掌那兒學來的吧。

「只是一些寵物貓在邊界逗留。」

「妳會把他們碎屍萬段嗎？」

「他們只是寵物貓，」藍毛告訴他：「隨便吼一聲就足夠把他們嚇得落荒而逃了。」

小白嘆了一口氣，「真希望我能跟妳一起去。」

「再過幾個月你就能跟啦。」藍毛向他保證：「現在回去和你的同伴玩，讓知更翅和捷風好好休息。」

小白跑回去，藍毛則朝訓練沙坑出發。

「現在朝我猛攻。」薊爪命令道。

藍毛隔著前方的灌木叢，看到了他們。

虎掌咧著嘴，衝向薊爪，往他的腹側猛力一撲。薊爪一個轉身，一掌狠狠地將他的見習生摔得老遠。

「鼠腦袋！」薊爪大吼：「你早該料想到對手的動作。」

虎掌昏頭昏腦地甩頭，「請讓我再試一次。」他央求著。

藍毛趕緊跑上前，想去打斷他們。她不能忍受這麼殘忍的訓練。她敢說豹足一定不知道自己的孩子受到如此粗暴的對待。她該向雷族族長報告這件事嗎？

她不禁打起寒顫，心裡暗暗慶幸薊爪訓練的不是小白。

「薊爪！」她趁著虎掌再次撲向導師前喊道。

兩隻貓猛地轉身，半瞇眼看著她。

「妳來這裡做什麼？」薊爪質問。

「陽星要我們去巡查邊界，了解寵物貓的動靜。」她告訴他。

他凶惡的眼神瞬間一亮，「終於！」他奔進樹林，「快啊，虎掌。」他回頭喊道：「等會兒就有機會驗收訓練成果了。」

藍毛踩著沉重的腳步，跟在後頭。

他們走近兩腳獸的地盤，薊爪命令虎掌：「到前方查看氣味。」

虎掌立刻跑上前，留下薊爪和藍毛單獨在後面。

「我很清楚妳在打什麼主意。」薊爪嘶吼一聲。

藍毛被他的吼叫聲震懾住，「什麼？」

「趁我每次一離開，妳就跑去找小白玩。」

「他是我的姪子！」她憤懣地說，火氣全衝上來。

「他是我的兒子！」他爭辯：「妳聽好！我隨時都可以停止妳那些愚蠢的遊戲。」

「我看你有什麼天大的本事？」藍毛激問他。

薊爪語帶威脅地看著她，「現在我允許妳陪他玩。不過，要是讓我發現妳把他變軟弱的話，我會立刻將遊戲禁止，懂嗎？」雖然藍毛憤怒地瞪著他，不過他還是繼續說：「他是我兒子，不是妳的！」

被激怒的藍毛，想開口跟他說清楚，關於她教育小貓的方法。

「有寵物貓的氣味！」虎掌迅速奔回來，「快點！」

這隻暗棕色的年輕虎斑貓帶著他們，來到一塊草木稀疏的林地，附近緊鄰的是一排亮紅色兩腳獸的窩。日光從光禿禿的樹枝灑落，森林地面光影交錯。

虎掌開始嗅草叢裡的味道，「氣味沿著這邊過去。」

藍毛所聞到的寵物貓味極淡，並沒有成年貓的強烈氣味，「只是一隻小貓罷了，」她喵聲說：「沒有追下去的必要。」

「我差點忘了妳對寵物貓特別心軟！」薊爪咆哮。他跟著他的見習生，一路沿著氣味尋去，穿過一片荒煙蔓草，來到了兩腳獸地盤邊緣。

他們竄出草叢，到了籬笆旁一處映著陽光的矮木叢。一隻黑色小寵物貓正低頭聞著地面。當三隻雷族貓一靠近時，他迅速轉身，張著大大的眼睛。

「哈囉。」他開心地眨眨眼，高高翹起尾巴。

虎掌聳起毛髮，薊爪則已經亮出爪子。

藍毛繃緊神經，希望這小公貓能趕快跑。籬笆就在不遠之處，他或許有機會可以脫身。

薊爪從喉嚨發出一聲嘶吼，「這是雷族的地盤！你在這裡做什麼？」

「薊爪，他只是一隻小貓，沒什麼威脅性。」藍毛辯護。

「入侵者就是入侵者，藍毛！妳對他們就是太心軟了。」

薊爪轉身對著他的見習生，頓時藍毛感到一陣作噁。「就把他交給我的見習生解決。虎掌，你認為該怎麼處理？」

「我認為應該給這隻寵物貓一點教訓。」虎掌發出嘶嘶聲，「讓他永生難忘。」

藍毛跨步向前，「等等，沒有必要——」

薊爪轉身向著她，把背高高拱起，說：「閉嘴！」

虎掌朝這隻小貓一個猛撲，像獵物般把他狠狠地撞飛到空中。小貓滾落在粗糙的泥地，發出一陣陣殘喘。

起來！

小貓害怕地蓬起尾巴的毛，努力想爬起身。但這虎斑見習生再次發動攻擊，把小貓壓在地上。他伸出利爪，朝他鼻頭用力揮擊，接著刮過他的側腹。小貓發出淒厲的慘叫聲。

「讓他嘗嘗你牙齒的厲害。」薊爪慫恿他。

虎掌將利牙扎進小貓的肩膀，使勁拖住他。小貓不斷嚎叫、掙扎，腳掌無助地在地上掙扎，直到虎掌把他甩開為止。

不！

鮮紅的血沿著傷口湧出，小貓的肚皮緊緊貼著地面，彷彿在祈禱自己能夠就此消失。虎掌眼底閃爍著微光，冷酷地走向他。

「站住，虎掌！」藍毛迅速追到虎掌前頭，擋在小貓面前，「夠了！」她咧開嘴巴，準備一戰。要是她不阻止虎掌的話，小貓肯定小命不保。一想到他和小白差不多大，她的心就隱隱作痛。「戰士不必在戰爭中取敵人的性命，記得嗎？」

虎掌停住腳步，瞪著她，「我只不過在捍衛我們的地盤罷了。」

「你的任務已經達成。」藍毛說服他，「這隻小貓也得到教訓了。」

小貓用顫抖的雙腳爬起身，充滿恐懼地看著虎掌。

「好吧。」虎掌同意，並充滿敵意地看著小貓，「看你一輩子想忘也忘不了我吧！」

藍毛站在原地，讓小貓倉皇跑走。她的眼睛掃過薊爪和虎掌，「如果下次再讓我看到你們這樣為所欲為的話，我一定稟告陽星！」

「我們只是在鞏固雷族地盤，把入侵者除掉而已。」薊爪咆哮。

「那所謂的入侵者只是一隻小貓！」

薊爪聳聳肩，「那是他家的事。」他轉過身，趾高氣揚地走進樹林，高高豎起的毛髮很快隱沒在暗影中。虎掌快步跟在他後頭，翹起高高的尾巴，對自己的英勇勝利頗引以為傲。

怒氣沖天的藍毛從後面瞪著他們。

薊爪，我絕不會讓你拿下雷族的大權。

第三十三章

「星族將以你的智慧與忠心為榮，從今天起，你的名號將為白風暴。」

陽星把鼻頭擱在這白色戰士的頭上，族貓間響起一陣歡呼，「白風暴！白風暴！」

藍毛閉上眼睛，內心大感寬慰。**我實現承諾了，雪毛。我把他保護得毫髮無傷。**

藍毛終究還是沒能當上白風暴的導師。陽星認為導師的人選最好不要是親屬，更何況在雪毛死後，藍毛一直是身兼母職在照顧白風暴。因此陽星在藍毛的同意下，把訓練白風暴的工作交給斑皮。而在幾個月後，藍毛也正式成了霜掌的導師。因為白風暴和虎爪必須一起訓練，藍毛很高興能有一位有智慧且溫和的導師從旁緩和虎爪粗暴的練習動作。她也盡可能地參予白風暴的訓練過程，不過這並非易事。每次只要藍毛想出手指導這隻年輕公貓時，就會遭來薊爪的怒目相視。

她睜開眼睛，沉浸在一片歡迎白風暴加入

部族的溫暖歡呼聲中。他已經是一副強壯有力、英挺的樣貌，高抬著下巴站在那兒，眼睛炯炯有神，濃密的雪白色皮毛在落葉季的陽光下耀眼得令人目眩。前夜下了一場雨，銀色的水珠在森林裡閃動，樹木間映出了霓虹。

自從藍毛在峽谷的夢境中向雪毛承諾，要幫忙把這隻年輕公貓拉拔長大後，已經匆匆過了四個季節。在這段期間裡，雷族也有了些轉變。紅掌、柳掌、斑點掌已經搬到了見習生窩。不過斑點掌只要一有空，就會在羽鬚身邊跟前跟後，對他廣大的草藥知識的醫術感到無比的興趣。糊足和草鬚已經安然辭世，不過他們的風範還是長留在族貓心中。絨皮和風翔也已搬到長老窩，加入石皮、雀歌和罌曙的行列。白眼則搬到了育兒室，期待她的第一窩小貓的誕生。不過她也不免擔心該如何讓即將出生的小寶貝安然度過禿葉季。雷族正值強盛時期，且前途似錦，藍毛相信，不管季節有多嚴峻，他們一定會全力保護小貓。

薊爪已經升格為資深戰士，把床挪到了接近中央的位置。虎爪雖然才當上戰士四個月，不過他不睡外圈的位置，反而占據了薊爪附近的床。對於他的行徑，沒有任何戰士敢吭一聲。也不知道那是因為他們對那隻凶狠暗棕色虎斑貓和他的前導師的尊敬——還是害怕。薊爪已經取代了松星在這隻暗棕色虎斑貓的父親地位；他訓練他要不計代價贏得勝利，並堅稱這是戰士守則的一部分。藍毛對薊爪的戰鬥哲學頗不以為然。

虎爪默默看著白風暴。這名新戰士眼睛閃爍著光芒，他緩步走到藍毛面前，向她點頭致意。

「謝謝妳。」這白色公貓的喵叫聲已經變得低沉，「妳為我付出了很多。」

藍毛內心一陣感動。**我不會讓任何東西傷害你，永遠不會。**

「你的母親將會為你感到驕傲。」藍毛喃喃說著，喵聲不禁哽在喉嚨裡。

「我知道。」白風暴發出喵嗚聲，「她也會為妳驕傲。」

當她向上舔舐著這戰士肩膀上的一撮毛髮時，眼神突然沉了下來。藍毛注意到他耳朵後面的一道疤痕，心裡感覺一股刺痛。當虎爪和白風暴還在接受見習生訓練時，虎爪伸出爪子，抓傷了他。

藍毛指責薊爪。「如果你能教虎爪尊重其他族貓，就不會發生這種事了。」她說。

薊爪噘起嘴唇，「那也要族貓必須先贏得他的尊重才行。」

「但是，白風暴會一輩子留下疤痕！」

「下次他自然就學會了要怎麼快速反應。」

藍毛氣沖沖地走開。薊爪似乎不斷鼓勵見習生對立，藍毛對他的態度感到憤怒。看到傷疤後，雖然心中的怒火難消，但是她告訴自己事實就擺在眼前，已經無法改變。或許薊爪的冷酷無情，一度讓白風暴較懂得應付虎爪的招式。

「白風暴！」獅心和金花正叫喊著他。

白風暴用鼻頭觸碰藍毛的臉頰後，就匆匆忙忙跑開。

雀歌！藍毛想起自己答應過那隻年邁的母貓，要把命名儀式的情況告訴她。她身體已經很虛弱，連步出巢穴的力氣都沒有。藍毛慢步走到獵物堆，從上方挑了一隻鮮嫩多汁的老鼠後，就往枯枝殘樹裡鑽去了。

雀歌閉著眼睛蹉縮在窩裡，鼻子擱在腳上。她美麗的玳瑁色毛髮，如今已變得邋遢且黯淡無光。雖然她的室友草鬚、糊足已經一個一個死去，這隻老母貓還是不失她幽默的性格。「起碼在我隨他們加入星族行列之前，我還能有幾個月的安寧，不用聽他們整天鬥嘴。」她曾打趣地說。

為了不想吵醒她，藍毛把老鼠放在她的睡窩旁邊後，開始躡足走出長老窩。

雀歌抬起頭，「一切都順利嗎？」

藍毛回頭，「非常順利。白風暴現在是名副其實的戰士了。」

「名號取得很好，很適合強壯的戰士。」雀歌評論道。

她聞聞老鼠，伸了伸懶腰，接著坐起身，「妳會開始想念他。」

「什麼？」看到老母貓嚴肅的眼神，藍毛開始焦慮起來。

「白風暴。」

「他沒有要去哪裡。事實上我們很快就會住在同一窩，彼此會更親近。」

「但他不會像以前那樣需要妳。」

藍毛感到一股酸楚。她說的是事實，「我還有霜掌可以訓練。」她提到。

「訓練見習生和養育小貓是兩碼子事。」

藍毛眨眨眼，讓雀歌繼續說：「妳為了雪毛的孩子把一切都犧牲掉了。看看妳的周遭——妳的族貓各有伴侶，有小孩，有自己的生活。這已經遠遠超過當一名導師。」

「沒有任何事比訓練戰士重要！」藍毛反駁。

雀歌看著她，「是嗎？」

藍毛換換腳邊姿勢。

「妳已經完成了對雪毛的承諾。」雀歌用喵聲輕輕地說，「藍毛，妳現在必須要過自己的生活，不要等到突然有一天一覺醒來，才發現原來自己空虛得像山毛櫸果殼，那時候後悔就來不及了。」

這真的是這隻老母貓看待生命的觀點嗎？生小貓絕對不是唯一能報效部族的方式！藍毛很驕傲自己為白風暴和霜掌所做的一切，她的見習生霜掌一定也能成為一名優秀的戰士。**我的生命並不空虛！**她慢慢走出長老窩。她的族貓們真的是這樣評價她嗎？

雀歌對著老鼠戳啊戳，頭抬都沒抬地尖聲說道：「也許鶇皮已經等夠久了。」

藍毛沒有回應，便匆匆離開長老窩。雀歌是要她選鶇皮當伴侶嗎？她不解地搖搖頭。

「藍毛！」褐斑在高聳岩下方喊道：「妳去加入獅心的狩獵隊！」

獅心和金花在空地踱步，鶇皮則坐在附近，心不在焉地在地上扒抓。雷族副族長又開始日漸消瘦，兩眼看起來十分疲憊。在上一個禿葉季折磨他的病似乎又回來了。雷族可能比想像中還更快需要一個新副族長。

我需要在那天到來前，做好萬全的準備。身邊多個伴侶只會讓我分心。我這麼做完全是為了雷族著想！

「準備好了嗎？」獅心注視著她，黃色的眼睛充滿活力。

藍毛點點頭，隨著金色戰士的帶領，一起和金花、鶇皮走出營地。他們朝著河的方向出發。一路來到了河岸，腳下的土地也轉為潮濕。濕答答的蕨葉垂掛在藍毛上方。一場雨過後，更難聞出獵物的味道。

「我們必須分頭進行。」獅心停下腳步，看著他的狩獵隊隊員說：「若是我們把狩獵範圍擴大，可能會比較容易聞到氣味。」

藍毛點頭。同伴們紛紛往不同的方向前進，她選擇沿著矮木叢，往更潮濕的地方走去。她聞到了松鼠的味道，腳一步步噗滋噗滋地踩著泥濘，心跳加快，沿著氣味走去。但一嗅到樹叢沾著鶇皮的味道，她立刻循原路折回去，往靠近河的方向去。她不想竊取鶇皮的獵物。

沼澤叢裡有動靜。藍毛豎起耳朵，趴低身體。一隻小紅松雞低空掠過地面，停在泥地中，開始啄食植物根部，尋找可以吃的東西。藍毛不動聲色地潛到附近，水漲上來，浸濕了她的肚皮。紅松雞正忙著在沼澤叢裡翻找食物，並沒有注意到藍毛往身邊逼近。

頓時，藍毛一個撲身，張開爪子，一把擒住了牠，並一口咬住牠的頸部。紅松雞在她腳掌間拍動翅膀掙扎一會兒後，便靜止了。這剛好可以給白眼滿足一下口腹之欲。

「獵得好！」

一聲低沉的喵叫聲讓她嚇了一跳。這聲音是從河的對岸傳來。她很快轉過身，紅松雞順勢在她嘴邊晃動。

橡心！

那隻河族公貓在河岸遙望著她。

藍毛放下嘴邊的獵物，憤怒地瞪著他，「你在暗中監視我？」

「沒有。」橡心露出淺淺一笑，「我總有資格巡視自己的領土吧。」

前方河畔傳來獅心的喊聲，「藍毛！」

「我得走了。」她告訴橡心。

他琥珀色的眼睛堅定地看著她，「嗯。」

她叼著獵物離開，心裡卻有一絲不捨。與這隻河族公貓道別竟會讓她感到空虛和掙扎。

他是河族貓，她立刻提醒自己。

她的族貓正等著她，每隻貓都各有所獲。

「妳是不是在跟誰說話？」獅心問她。

藍毛放下嘴邊獵物，「我只是在自言自語。」藍毛很快地喵聲說。

鶇皮用佩服的眼神瞄了一下紅松雞，「獵得好。」他發出貓鳴聲。

「謝謝。」藍毛避開他的目光。也不知道為什麼，這隻雷族戰士的讚美就是無法和橡心一樣，在她心裡激起火花。

第三十四章

「我們必須把陽光岩取回來！」陽星在高聳岩上一宣布，底下的族貓立刻歡聲應和起來。

「也該是時候了！」蛇牙大聲說。

「他們掌控那些岩石也夠久了。」暴尾應聲附和。

虎爪用長爪在地上鑿出深深的溝痕，眼裡盡是興奮的火光。

他對發動戰爭比取回陽光岩還興致勃勃，藍毛猜想。

自從她獵得紅松雞返回後，天空便紛紛飄起毛毛細雨。族貓們聆聽著陽星的宣布，濕淋淋的毛髮黏住他們的皮膚，雨珠不斷從腹側滴下來。

「禿葉季即將到來，我們有更多的戰士需要供養，更何況還有即將誕生的小貓。我們需要更大的領土來狩獵。」

白眼從育兒室外面觀望，她的伴侶雀皮抬

起鼻頭問：「我們什麼時候要打仗？」

陽星搖搖頭，「我希望能以和平的方式取回陽光岩。」他喵聲說。

「什麼？」薊爪不敢置信地說。他緊盯著族長，彷彿族長多了另外一顆頭似的。

「我們很輕易就可以打敗他們。」薊爪咆哮。

雀皮把頭側到一邊，「我們怎麼有辦法不打仗就取回陽光岩？」

知更翅甩動尾巴，「河族不可能因為我們的一句話，就把陽光岩交出來。」

「有可能。」陽星說。

薊爪噘起嘴脣，「你該不會要去求他們吧？」

陽星瞪著這暗灰色的戰士，「雷族從來不做求貓的事！」他伸出爪子。

虎爪低下目光。

「為什麼我們非要打一場不必要的戰爭？」陽星怒吼，「現在的雷族很強大，我們有森林裡最精良的戰士。」他掃視著族貓，先將目光停留在薊爪，接著移到白風暴身上，「其他部族都心知肚明。你們認為河族會為了不必要的領土而大動干戈嗎？這些岩石只是他們曬太陽的場地，並沒有狩獵的用途。我們將派戰士去遊說，讓他們知道放棄陽光岩，對我們兩族來說，都是明智的決定。」

暴尾眼睛一亮，「你是說派部隊到他們營地一趟？」他猜想。

陽星點點頭，「我們會讓他們知道，我們擁有陽光岩的立場。要是任何河族貓敢再碰陽光岩的話，我們一定格殺勿論。」

花尾眨眨眼，「是要前進他們的營地，然後告訴他們這些嗎？這簡直是自找死路。」

虎爪低聲吼道：「要是我們派的隊伍夠強大，那就不成問題了。」他半瞇起琥珀色眼睛說：「我們先客氣地過去，要是他們不配合，再來用武力逼他們就範。」他顯然同意陽星的計策。藍毛想像這隻擁有寬厚肩膀的戰士站在河族營地的畫面；在育兒室和長老窩突然變得不堪一擊的情況下，河族應該很快就會答應所有要求。

「那麼，大家都同意囉？」陽星望著眾族貓。

蛇牙點點頭，「這個計策聽起不錯。」

「只要河族拱手交出陽光岩的消息一旦傳開，其他部族也會更怕我們三分。」薊爪補充說道。

藍毛彈彈尾巴，內心並不怎麼確定。她惶惶不安，對這計策還是頗有疑慮。或許是她太過敏感。陽星提出這樣一個不用武力的解決方式，足以展現他良好的領導風範。但要到河族的營地威脅他們，這樣妥當嗎？長老和小貓都住在那裡。難道雷族還沒從攻擊風族那一次得到教訓嗎？難道他們還不知道營地並不是一個發動戰爭的好地方嗎？

她甩開這個念頭。她心想，陽星絕不會讓無辜的小貓受威脅。

她瞄了薊爪一眼。

但他就不一定了。

「那就這麼定了。」陽星決定，「我會帶隊過去。羽鬚、褐斑、獅心、白風暴、鶇皮、蛇牙、暴尾、藍毛，你們跟我一起去。」

薊爪眨眨眼，「為什麼沒有我？」

「你和虎爪要留守營地。」陽星告訴他，「這麼多戰士不在，我們需要留下強壯的戰士群來看守營地。」

藍毛感到一絲欣喜。少了薊爪在現場耀武揚威，或許雷族的提議就可以變得單純、公道些。

當隊伍出發時，雨也停了。但濕答答的森林讓藍毛全身很快又濕成一片。她在族貓們後頭鑽過矮樹叢。他們走過樹林，來到陽光岩附近，沿著河岸，走到踏腳石前。剎那間旋起的一陣冷風，颳過藍毛的毛髮，讓她直打哆嗦。一想到要過河，藍毛不禁又覺得更冷了。陽星帶頭踩過踏腳石。藍毛看到其中一個平坦的小石塊在陽星腳底下搖晃的樣子，身體瞬間僵住。

金花和獅心跟在陽星後頭，敏捷地跳過每一個石塊。藍毛後退，讓其他貓先行通過。最後岸邊就只剩藍毛和鶇皮兩隻貓。

「讓妳先過。」他說。

藍毛望著那排成一列的石頭和周圍漆黑的滾滾流水，踩著抖動的步伐，躡足向前。她停在水邊，耳邊響起鵝羽的預言：**即使是最猛烈的火焰，也會被水熄滅。**

「繼續往前走。」鶇皮催促她。

「等一下！」藍毛感覺自己的腳僵硬地像一根根木材。

「我們必須跟上隊伍。」鶇皮提醒她。

藍毛拖著腳步走上前，跳上第一塊石頭。水嘩啦嘩啦地流著，在她四周濺起水花。血液直奔她的耳朵。

該死的鵝羽！

她躍上第二個石塊，在驚險搖晃的瞬間找回平衡，重新站穩腳步，準備下一個跳躍。

該死的鵝羽！

又跳過一個石塊。

搞不好預言也不是真的！

她踏上最後一塊石頭，腳下又是一陣晃動，水順勢淹過她的腳掌。

我不要淹死！

她急急撲上河岸，大口大口地喘著氣。

鶇皮隨後跳上岸，走到她身邊說：「這很容易呀。」他一派輕鬆地說：「我真不搞懂為什麼河族還要游泳。」

藍毛不理他，獨自往蘆葦叢走去。

當藍毛趕上時，隊伍已停了下來。她看到河族戰士各個豎起背上的毛，正阻擋著他們的去路。從他們濕成一片的毛看來，他們應該剛剛才游上岸。他們真的寧願游泳，也不願使用踏腳石嗎？即使毛塌平在身體上，河族的戰士們依然是一副英姿煥發、孔武有力的模樣。

藍毛認出了站在巡邏隊前面的曲顎。那位藍毛在大集會時，初次認識的友善年輕見習生，現在已經成為副族長了。雖然他的嘴巴仍舊歪曲，不過他昂起頭，一點都不在意自己那張奇怪的臉。從他身上再也找不出一丁點的幽默感，或一絲為自己長相感到抱歉的窘意。不知道橡心對自己的弟弟成為副族長做何感想?

曲顎亮出爪子,「你們在河族的地盤做什麼?」

「我們想和霰星談談。」藍毛告訴他。

瀨潑帶著憤怒的眼神傾身向前,「談什麼?」

陽星瞇起眼,「妳要我把對你們族長說的話先跟妳說一遍?」

瀨潑齜牙低吼。

曲顎揮動尾巴,要他的戰士退下,「你要我直接帶你們入營地?」他質問,「我們可還沒忘記你們對風族幹的好事。」

「我們看起來像要打仗的樣子嗎?」陽星反問。

藍毛靠在毛髮倒豎的白風暴身邊,「把你的毛放平。」她小聲地說:「不要嚇到他們。」

曲顎掃視了那濕漉漉的隊伍一眼後,搖搖頭,「這麼一丁點戰力還不至於把我們的營地摧毀。」他承認。

「我們只是來傳話。」陽星再強調一次。

曲顎目光如炬地點點頭,「跟我來。」他轉過身,走進蘆葦叢。

他們離開了覆蓋河岸的林子,往河族地盤深處前進。不管是啪嗒啪嗒踩在腳下的濕軟泥炭,或是沿途一望無際的沼澤地,都讓藍毛大感吃不消。他們沿著迂迴的路徑穿過一片又一片如迷宮般的蘆葦叢。

「他們的腳爪都不會軟掉,這真是太神奇了。」鶇皮在她耳邊嘀咕。

此刻，曲顎突然轉彎，鑽進一處蘆葦葉密麻交錯的天然草牆。營地到了。

藍毛拖著微微刺痛的腳掌，跟著族貓們鑽進營地入口。用樹枝築起的巢穴散落在這片濕地上，乍看之下反倒像是蒼鷺的窩巢。青苔和羽毛所覆蓋的洞穴都要比這樹枝糾結又難看的地方體面多了。

「為什麼他們要住在看起來這麼不舒服的地方呢？」獅心咕噥道。

「要是淹水，巢穴會自動浮起來。」聽到獅心這麼一嘀咕，曲顎不客氣地答腔，「你們在這裡等。」他要雷族戰士留在原地，自己則迅速鑽進其中一個樹枝錯綜盤結的巢穴裡。

河族貓們站在空地邊緣，瞇起眼，不斷瞧著這些突如其來的訪客。

「白莖！妳看！」一隻灰色小貓突然轉過頭來尖叫，一隻淡色虎斑貓從窩裡跑出來。這隻貓后驚愕地看著這群訪客，瀨潑要她放心。

瀨潑安撫貓后，「他們說，他們來這裡的目的是要跟霰星說幾句話。」

白莖點頭，用尾巴把她的小貓緊緊圍住，依舊留在外面觀看。

兩隻河族資深戰士木毛和鶚毛，豎起毛髮，徘迴在空地周圍，戰戰兢兢地觀察他們的一舉一動。曲顎再度現身，霰星跟在後頭出現。河族族長張大眼睛，一臉好奇。他一句話也沒說，只是注視著陽星，等雷族族長先開口。

陽星鞠了一個躬，「陽光岩本來就屬於雷族所有，」他表明：「我們要把他們取回來。」

霰星張出利爪，說：「你們得先打贏才行。」他發出嘶吼。

「若有這個必要，我們一定奉陪。」陽星喵聲說：「別說我們沒事先給你們忠告。」

木毛聳起根根貓毛走上前，「你這是在威脅我們嗎？這裡可是我們的營地。」他對著自己的族貓們使了一個眼色。藍毛感覺腹部一陣緊繃。他們正被河族戰士團團包圍著，要是對方當場宣戰該怎麼辦？

「我們沒有要威脅你們的意思。」陽星鎮定地回答：「我們只是給你們一個選擇的機會。只要你們不碰陽光岩，我們就彼此井水不犯河水。但若有任何一隻貓敢踏上那裡一步，我們絕不饒命。」

霰星走向前，「你還真以為我們會這麼輕易就放棄陽光岩？」

「如果想打仗，我們一定奉陪到底。」陽星喵聲說：「不過，那些岩石真的值得你們那麼費心嗎？」他搖著頭說：「你們已經有河可以抓魚了。何況你們腳掌又那麼大，搆不進陽光岩裂縫深處；毛色也太醒目，沒辦法在那裡埋伏獵物。陽光岩對河族來說，一點狩獵的用途都沒有。你真覺得值得為這樣的地方一戰嗎？」雷族族長說得頭頭是道，就等霰星點頭同意。不過，河族族長只是瞪大雙眼，張嘴嗅聞空氣的味道，「我聞到了害怕的氣味。」他齜牙低吼。

「那肯定是你的戰士們發出來的。」陽星反駁。

「你認為我們就此會讓出陽光岩嗎？」霰星嘶聲說。

陽星搖頭，「我認為你是準備浴血一戰。」他喵聲說：「不過河族一定會全盤皆輸，死傷慘重。到時候還真得感謝你一時的決定。」

霰星往前，朝雷族族長更逼近一步，「河族戰士用爪子戰鬥，不屑打唇槍舌戰。」

「非常好。」陽星點點頭，「陽光岩是我們的。我們明日會把氣味重新標上。在這之後，要是有任何河族貓擅自闖入，休想活著走出去。」他放眼掃視營地四方，並大聲喊道：「現在所有河族貓都聽到我的警告，該不該血戰廝殺全看霰星的意思了。」他轉身走到入口。

「就這樣？」鶇皮嘀咕道。

「我覺得已經很夠了！」藍毛不禁佩服起族長的謀略。他一方面公然對河族宣戰，一方面又把戰爭的決定權推給他們。在標示新氣味後，就等著看河族如何反應了。河族是否會當下發動攻擊，還是認為沒有戰鬥的必要呢？

在他們走出營地的同時，可以聽到河族貓頻頻發出嘶吼聲。

隨後，猛烈的腳步聲從入口傳來。

河族該不是要立刻決一死戰吧？雷族戰士快速轉身，準備迎戰。

瀨潑站在他們面前，後頭還跟著木毛和鶚毛。「我們帶你們出邊界。」她吼道。

「謝謝。」陽星鞠躬。

「我們要確定你們不會在河族地盤逗留。」鶚毛啐了一口。

藍毛瞬間把毛豎起。有貓正在看著她。她回頭看到橡心從蘆葦叢迎面而來，咬在嘴裡的魚不自覺地晃呀晃。他放下魚，並看著這群貓說道：「這是怎麼一回事？」

「雷族威脅我們。」鶚毛憤怒地說。

憂心忡忡的橡心看著藍毛，「要戰爭嗎？」

陽星彈彈尾巴說：「我們已盡量避免走到這一步。」顎毛跨步向前。「滾回去。」他忿忿地說。

「悉聽尊便。」陽星點點頭後，即刻走進灌木林。

橡心加入護衛的行列，一路跟著他們沿著蜿蜒的路徑走到踏腳石。沿途不管是橡心的味道，還是他走路的聲音，藍毛都可以強烈感覺到他的存在。趁著鶚毛加快腳步走到最前頭領路的機會，橡心走到藍毛旁邊。

「我有話得跟妳說。」他在她耳邊低聲說：「先到別的地方去。」他揮揮狐狸般的紅色尾巴，就又落到隊伍後面去了。

藍毛抽動耳朵。她如何甩開其他隊員？他憑什麼要她甩開隊員？但橡心急切的語氣，讓她感到心神不寧。她必須弄清楚他到底要說什麼。

「好痛！」她開始一跛一跛地走著。

鶇皮連忙轉頭，「妳還好吧？」

「我的腳被刺扎到了。」藍毛哀怨地說：「我得把刺取出來才行。」

「我來幫妳。」鶇皮說。

橡心一聲低吼：「你跟大夥兒一起走，我來幫她就行了。」他瞪著鶇皮。鶇皮遲疑了半晌，才走開。

「不要太久喔。」他對著藍毛喊道：「若有什麼需要，我隨時可以回來找妳。」

「應該一下子就好了。」藍毛保證。

一看到雷族貓和河族護衛隊消失在角落，橡心立刻看著藍毛說：「謝謝妳。」他吸了一口氣，「我想跟妳談談。」

「哦？」藍毛一時困惑不解。她甩甩頭，彷彿這麼一晃就可以把思緒釐清。每次這個戰士一現身，就會讓她感覺到一陣天旋地轉。

「我已經好幾個月圓沒看到妳了！」橡心發出一聲呼喊。

藍毛將頭側到一邊，「你為什麼要看到我？你我各屬不同部族。」

橡心換換腳邊的姿勢，看起來一副異常青澀的模樣。「自從上個禿葉季我們在河邊談過話後，」他毫不遲疑地說：「我一直沒辦法忘記妳。」

藍毛退了一步，「那已經是很久以前的事了！況且你根本不了解我！」

「我想了解妳。」他強調：「我要知道有關妳的每件事——妳最愛的新鮮獵物，妳的兒時記憶，妳的夢想……」

藍毛心亂如麻。**我沒有時間跟你耗下去**，「你不能！」她倒抽一口氣，「別忘了戰士守則！」

橡心焦急地搖搖頭，「這和戰士守則無關，這是我們兩貓的事。明天月升時我會在四喬木等妳。」

「不行！」藍毛抗拒。

「請和我見一面！」橡心求她，「給我一次機會！」他把綠色眼珠睜得又大又圓，懇求著她。

「藍毛？」鶇皮和瀨潑出現在角落。

「妳還不趕快滾出河族地盤。」這隻白色與淺薑黃色相間的母貓發出惱怒的低吼。

「來了。」藍毛發出一聲低鳴。隨後趕忙走到鶇皮的旁邊。

他彎下身體，用鼻頭在她兩耳間輕輕觸碰，「妳沒事吧？」

「噢！噢，沒事了。」藍毛喵叫一聲，「我把刺拔出來了。已經沒事了。」

她踏過一個又一個的踏腳石時，可以感覺橡心正注視著她。她的毛熱得如火在燒。他正在看她。她知道，但沒有回頭望。

第三十五章

給我一次機會！藍毛從睡夢中驚醒，橡心的眼神不斷縈繞在她的記憶裡。

什麼樣的機會？

她心知肚明。他那緊繃的喵聲和迫不及待的眼神。他那渴望的神情，正如自己的心境寫照。她的內心和他一樣澎湃，一樣有著想和他親近的渴望。

不過他們該怎麼在一起？他們畢竟是不同部族！他們不能對彼此產生這樣的情愫。

她恍惚地爬出床緣，搖搖晃晃走出戰士窩。此刻烏雲已經散去，留下一抹落葉季的淡色天空。黎明劃破了營地上空，一道道黃色的光傾洩到空地上，寒氣凍住她的鼻子和腳掌。

虎爪匆匆忙忙從她身邊經過，趕著去高聳岩集合，褐斑正在那裡調派一天巡邏的隊伍，「妳也一起來嗎，藍毛？」這隻暗棕色戰士回頭喊道。

獅心和白風暴已經在岩石底下等著。石皮從殘木中探出頭來，似乎很懷念以前當戰士的日子，不過那已經是好幾個季節以前的事了。花尾和暴尾在附近分享新鮮獵物，雀皮和蛇牙則不斷地來回踱步，蓬起皮毛抵抗寒冷。他們的見習生紅掌和柳掌正忙著在空地邊緣練習格鬥技。

「斑點掌！」鶇皮朝蕨葉隧道喊著學生的名字，「別煩羽鬚了！還不趕快來做你今天的工作。」

「對不起。」斑點掌趕忙跑出來，腳掌上還沾著藥草碎屑，「我在幫他調配紫草。」

鶇皮轉動眼珠，「妳以後要成為戰士貓。部族的巫醫已經夠多了。」

「嗨，藍毛！」霜掌跳出見習生窩，「我們今天要做什麼呢？」

藍毛滿腦子都是橡心的事，根本還沒有心思排定今天的訓練課程，「狩獵。」她隨口說了一項。

「好。」霜掌很滿意地應聲。

「狩獵隊出勤的次數必須增加。」褐斑宣布，「寒冷的天氣一來，難免要挨餓受凍。如果我們趁這時候趕快填飽肚子的話，就會比較好過。」

虎爪的尾巴在地上沙沙掃動，「我們什麼時候要到陽光岩標記新氣味？」

「陽星打算在傍晚派一組戰鬥隊過去。」褐斑告訴他。

「我要參加。」虎爪表明。

「一定有你的份。」褐斑保證，「不過，星族要我們以和平的方式面對。」

虎爪沒有應聲，只是將長爪刺進硬梆梆的土裡。

藍毛心跳加速。若是她在戰場上遇到橡心該怎麼辦？現在和他迎面對戰一定很尷尬。

「藍毛？」褐斑正盯著她瞧，「我聽說妳昨天肉墊被一根刺扎到。今天最好留在營地內，好好把傷養好。」

她一陣罪惡感襲來，「今天已經好多了。」

「最好不要讓傷口有任何感染的機會。」褐斑勸她，「妳可以換到育兒室幫忙。」

「但是我已經跟霜掌說，要帶她出去打獵了。」

正在吃飯的暴尾坐起身，「我待會兒要帶斑條掌到沙坑，霜掌可以順便一起來。」他提議說：「她們可以一起練格鬥動作。」

「謝謝。」藍毛低頭看著雙腳，耳朵脹熱，巴不得自己是真的踩到刺。她抬起頭，滿是懊悔地看著她的見習生跟著暴尾走出營地。她都還沒去跟橡心會面，就已經說了好幾個謊。

「妳需要一些藥泥抹腳嗎？」羽鬚突然出現讓她嚇了一跳。

「不……不用了，謝謝。」藍毛很快把謊稱受傷的腳藏到後面，希望他不要主動說要幫她檢查才好。

「不痛嗎？」

藍毛搖頭，「應該只是被鋒利的蘆葦或什麼的刺到而已，」她隨口說：「只是一點小破皮。」

羽鬚彈彈尾巴，「由此可見，」他喵聲說：「貓兒還是待在自己的地盤內比較安全。」

他是否知道她在撒謊呢？她焦慮地觀察這巫醫見習生臉上的表情。或許星族已經多少透露了一些事給他了。

「嗯，妳務必要保持傷口的乾淨。要是開始疼痛的話，可以來巫醫窩跟我拿些東西擦擦。」羽鬚說完後，便走向育兒室去了。

如果星族不希望她去見橡心，祂們一定會向羽鬚透露，好讓他阻止她。也許星族希望她去見橡心，這或許就是她的命運也說不一定。

⚡⚡⚡

「我不喜歡孤伶伶地被留在這裡。」白眼嘆氣。

原本低頭看著腳掌的藍毛抬起下巴，「他們很快就會回來了。」她安撫她。

在巡邏隊到陽光岩標記新界線的期間，她負責陪在白眼身邊。不過她的思緒全繞在橡心身上。他將要說什麼？她又該怎麼回應？要是她一時鼠腦袋，腳絆到自己的尾巴，跌個狗吃屎該怎麼辦？她望著空地上閃閃發光的露珠。月亮正緩緩升起。

「妳覺得他們是不是已經在打仗了？」這淡灰色的貓后擔憂地看著藍毛。

藍毛豎起耳朵，專心聽著是否有戰爭的嗥叫聲。聲音會傳得這麼遠嗎？不知道霰星會派哪些貓捍衛那些岩石？

山谷傳出石頭嘎嘎作響聲。藍毛正襟危坐，心臟急速跳動。「贏了嗎？」藍毛對著帶隊走進營地的陽星放聲喊道。

「那些鼠膽根本沒有出現！」薊爪自鳴得意地說。

暴尾接著說：「他們連重新標記氣味都沒有。」

藍毛感覺如釋重負。

橡心安然無恙。

陽星望著族貓們說：「從現在起，再也沒有任何部族敢威脅我們的邊界了。」

雀皮走到白眼身邊和她互磨鼻頭，白眼發出愉悅的呼嚕聲。「我們再也不用擔心今年的禿葉季沒有新鮮獵物了。」雀皮低語道。

藍毛站起身。此刻的河族營地會是瀰漫著什麼樣的氣氛？會士氣低迷到讓橡心改變與雷族貓見面的心意嗎？她還是打算到四喬木一趟。若是他心煩意亂的程度有她的一半，他就一定會赴約。

「我們來好好慶祝一番！」褐斑站在新鮮獵物堆前，拿起獵物敬族貓們。

藍毛瞇起雙眼。為什麼他們還不回窩裡睡覺？她的爪子不安地騷動。這些族貓們可要好一陣子才會去睡覺。如果等到那時她才溜出去，橡心可能以為她不會來了。

要是他已經回去了該怎麼辦？

噢，星族，我到底在做什麼？她當真要溜出營地與河族戰士私會嗎？她感覺腳掌在冒汗。**我瘋了嗎？**

白風暴把一隻麻雀拋到她腳邊，「一起來啊！」他喊道。他和金花、獅心趴在一起，正在享用一隻肥美的松鼠。

藍毛聳聳肩。其實她並沒有胃口，只覺得食物索然無味。但為了避免族貓開始問尷尬的問題，或把她送到羽鬚那裡去，她還是走到白風暴身邊，硬逼著自己吃一口麻雀。啃在嘴裡的麻雀像是木頭碎片。

她心臟噗通噗通地快速顫動，期盼族貓們趕快回巢穴睡覺。直到月亮已經升上了天頂，他們才開始陸陸續續走回窩巢。藍毛伸伸懶腰，裝模作樣地打了個哈欠，對著周圍的族貓說她恨不得趕快鑽進窩裡，睡一頓好覺。

窩室一片漆黑，只留下一輪明月掛在天際。藍毛摸黑尋找自己的床，不小心絆到了金花。

「對不起。」她小聲對著咕噥一聲的金花說。

她蹲伏在青苔上，睜大眼睛看著室友一一在她周圍睡妥。所有的貓似乎還意猶未盡。

「我還以為他們會為陽光岩掀起一陣大戰。」獅心說。

「就算我們已經標上新氣味，」薊爪低聲怒吼，「但他們還是有出手的可能。」

他們該不會到天亮都還在講那些該死的岩石吧？藍毛感覺夜晚正在不知不覺中流逝。

「妳還好吧？」玫瑰尾用肘部輕推藍毛的睡窩，「妳一直翻來覆去。」

「很好啊。」藍毛很快回答。

「雖然妳沒能去陽光岩是很可惜沒錯，」玫瑰尾語帶同情地說：「但是妳真的沒錯過什麼。」

「我不介意。」藍毛閉起雙眼。**趕快入睡！趕快入睡！**

戰士窩總算漸漸靜了下來。微微的鼾聲在空氣中騷動。

藍毛小心翼翼地爬起身，看了看四周，找尋在黑暗中閃爍的眼睛。

沒有。

每隻貓都沉沉地睡了。

她沿著戰士窩邊緣躡足走出去，腳下突然踩到了一個軟軟的東西。

「走開！」小耳充滿睡意的喵聲把她給嚇了一跳。她看著這攤睡在床上的公貓，發現自己踩到了他的尾巴。

「對不起！」

他眨眨眼，翻身繼續睡。藍毛總算溜出了戰士窩。她繞過空地，在暗影下前進。此刻陷入一片死寂。

她悄悄地往隧道的方向移動，最後蹲伏在入口處。她可以聽到蛇牙在外面守夜的動靜，他的皮毛戰戰兢兢地刷過金雀花隧道。他一定是在巡視營地屏障。等到他的腳步聲漸遠後，她才飛快奔出隧道，無聲無息地進入另一邊的灌木林。

沒有蛇牙的身影。

她帶著急促的呼吸，狂奔出樹林，攀上岩石，接著又一躍而下，遠遠把它甩在後面。她不敢相信自己正在做的事：背離所有她曾經認為重要的東西。她是個背叛者，而且背叛的不僅僅是自己。

還背叛了她的部族。

也背叛了戰士守則。

她的心怦怦地跳著。她在做什麼？她必須回去。她回頭望著岩石，看到蛇牙正返回崗哨。

若現在走回去一定會被發現，她勢必要往前走。

她悄然無聲地沿著山谷疾馳，越過一塊塊岩石，小心謹慎地不去踩落任何石礫。圓月照亮她的路，她一路攀上山頂，潛進森林。藍毛沿著部族到大集會的路徑，匆匆越過森林。月光穿過光禿禿的樹枝，灑落在林地上。

他是不是已經在等她了？

她來到了谷地邊緣，心臟似乎要衝出喉嚨。在她下方的四喬木出奇地寂靜，樹枝的暗影映在空地上。

如果藍毛繼續往前行，她的一生會因此轉變。這個劇烈的認知，讓她的腳不自覺地僵住。她突然感覺到雪毛的靈魂、氣味飄蕩在空氣中，她那白樺樹般柔軟的毛圍繞著藍毛。雪毛想暗示她。

暗示什麼？

藍毛渾身不安。雪毛是想阻止她，還是祝福她呢？

「我必須這麼做，」她喃喃道：「請妳了解，這並不表示我不愛妳，或是不忠於雷族。」

她抖動身體，揮走妹妹的氣味，讓暗夜中的冷空氣穿透她的皮毛。接著她越過山頂，沿著下坡走到沐浴在一片月光下的山谷。

第三十六章

他正等著！看到橡心在月光下的身影，藍毛的心跳加劇。他面著巨岩而坐，眼睛閃著熠熠光采。藍毛走近他，落葉在她腳下沙沙作響，迴盪著整個谷地。

他一個轉身，急奔上前，「妳終於來了！」她可以聞到他身上的氣味。她張開嘴巴，但想不出該說什麼。

「我以為妳應該不會……」他一時語塞，只能默默地看著她。

他眼底盡是萬般柔情。

「我一時沒辦法走開。」她低聲說。

「不過妳還是來了。」

「嗯。」

接著一片沉默。

就這樣？她感覺一陣惶恐襲來。她不應該來的，這真是一個大錯誤。草地上覆蓋了一層霜，他們腳下閃爍著微光。他們難不成要像兩個鼠腦袋一樣，一直呆呆杵在這裡盤算到底要說些什麼？一直到腳被凍得沒辦法行走才罷休嗎？

「站在這裡太冷了。」橡心說出藍毛心裡的話。

這太可笑了。她或許不知道該跟這隻河族戰士說什麼，可是曉得暖身的好方法。藍毛點頭指向樹林裡最大的一棵樹，「我們來比賽誰最先爬到橡樹頂端！」她開始衝刺，但卻發現橡心一動也不動地在原地。

她煞住腳步停了下來，回頭看著他，「怎麼了？」

橡心抽動尾巴末梢，說：「河族貓不會爬樹！」

藍毛發出呼嚕聲，「你是貓，對吧？你當然會爬樹，來啊，我教你。難不成你怕了嗎？」她頑皮地補充說道。

「才不是！」橡心的眼裡綻放出光芒。他倏地衝過她身邊，在附近一節盤繞出地面的橡樹樹根上穩住腳步，「然後呢？」他緊盯著結滿瘤的粗大樹幹。

「看好囉。」藍毛張出爪子跳上樹幹，兩隻前掌緊抓樹皮。她收起後腿的爪子，好利用後掌攀爬上去，「像這樣的老樹比較容易爬。」她回頭望著下方喊道：「這棵樹的樹皮又厚又軟，即使是像你這麼重的貓，也能慢慢一步一步爬上來。」

「誰說我重了？」橡心跟在她後面撲身一躍。他笨拙地抓住樹幹，下了永不放棄的決心，準備下一個跳躍動作。

雖然他的表現出乎她預期得好，但藍毛沒有吭一聲。她才不要讓他有自滿的機會。她深呼吸一口氣後，向上疾行，躍到低樹枝上。橡心吃力地緊追在後，最後氣喘吁吁地癱倒在她旁邊，說：「妳真的喜歡這種運動嗎？」

「當然！」她揮動尾巴，「你看。」他們下方的空地閃爍著微光，彷彿繁星墜落了一地。

橡心小心地張望四周，「還不賴嘛。」他承認。

「你想往下個樹枝跳嗎？」

「看妳呀。」

藍毛繼續向上爬，並在一個有樹洞的地方停下來，準備再次將爪子戳進樹皮，攀躍到上方的枝幹去。「你還可以吧？」她往下喊道。

橡心的前腳攀住樹瘤，後腳在空中晃動，「沒問題。」他咬著牙，咕噥說道。他一爪勾住樹皮，迅速往上衝。藍毛趕緊沿著樹梢閃開幾步，免得被他一撞掉下去。

「身段真是優雅啊。」她打趣地說。

「謝謝妳的讚美喔。」他半開玩笑似地發出低吼：「下次就換妳出糗了。」

「怎麼說？」

「等我教妳游泳時，妳就知道了。」

藍毛看著他，腳爪牢牢抓緊樹枝，「不行。」她告訴他，感覺心臟開始一陣亂跳。**算了！他不知道預言的事！他只會認為我膽小如鼠。**

橡心動動頰鬚，「妳怕水吧？」

「你怕高吧？」她對著他投了一個挑戰的眼神後，即刻攀爬到更上方的枝幹。

「妳嚇不倒我的。」橡心誇完口，急追上她，巨大的身軀伏在一枝細小的枝幹上。

「不怕？」她跳到下一根樹枝。

「不怕。」他跳到她旁邊。

「好啦，我服了。」藍毛側著頭說：「你以前真的沒爬過樹嗎？」

「從來沒有。」

「你還想往上爬嗎？」

「我們到最上面去。」

藍毛帶著他穿梭在枝葉間，半枯黃的樹葉因抖動而簌簌飄下。他們到達了可支撐他們重量的樹幹高點，往下一望，巨岩宛若一顆鵝卵石般。藍毛往頂端一躍，讓身體隨著腳下的樹枝上下擺動，直到它靜止為止。

橡心喘著氣在她身邊坐了下來。他望著下方的地面驚嘆道：「哇。」

藍毛對著頂上一望無際的星空看了一眼，說：「你覺得星族會知道我們的事嗎？」她感覺橡心的皮毛刷過她的同時，星星頓時也變得朦朧。

「如果祂們連我們在這裡都不知道的話，怎麼可能知道我們其他的行蹤。」橡心回答。他似乎還沒有挪開身體的打算。

藍毛緊繃神經。所以他認為星族祖靈正在看著我們囉？

橡心轉身對著她說：「看看那澄澈的天空。」他溫柔地喵聲說道：「如果星族不同意我們在一起，他們應該會把烏雲移到這裡來遮蓋住月亮，或下場雨吧？」

他又說中了她內心的話。「我也是這麼想。」藍毛希望他說得對。

樹木在微風中顫動，他們所在的枝幹也開始隨之搖晃。橡心倒抽了一口氣，把樹幹抱得更緊，不料讓它因此傾斜得更厲害。

「我們下去吧。」藍毛提議：「跟我來。」她盡可能帶著他沿著最容易的路徑走，並不時回頭看他是否沒事。此刻的他已少了剛才的那份自信，他連爬帶走，緊閉嘴巴，吃力地攀過一根又一根的樹枝。當他們的腳踏到樹根上時，藍毛看到他如釋重負的眼神。

「感謝星族。」他嘆了口氣，迅速往地面一滑，順勢把爪子戳到地裡去。

藍毛發出呼嚕聲，「你這魚臉還蠻行的嘛。」

橡心忿忿地看著她，「妳叫我什麼？」

藍毛迎向他的目光，「魚臉。」

他撲向她，並發出一陣呼嚕聲。但是她迅速閃開，朝巨石飛馳而去。

「我一定要把妳抓到手！」橡心雖然語帶威脅，但聲音卻是充滿了愉悅。

「你休想抓到我！」

藍毛在巨石四周的橡樹林間使勁地奔跑，橡心不超過一個尾巴的距離，窮追在後，直到她氣喘吁吁地撲倒在地上。

「我跑不動了！」她上氣不接下氣地說。

橡心躺在她旁邊。

「魚臉！」她小聲地說。

他瞬間翻起身，輕輕地咬住她的頸背，把她壓在地面。「誰是魚臉呀？」他從滿嘴毛髮的口中發出喵聲。

「不是你！」她發出哀號。

橡心翻身坐立，想喘口氣休息一下。藍毛則一屁股倚在他身旁，感受他柔軟的毛髮和底下結實的肌肉。雖然他身上還是帶著一點魚腥味，但松葉的強烈氣味蓋過了他的味道。

橡心嘆口氣。「這一刻我盼了好久。」他轉頭，往下看著她的眼睛，「終於讓我盼到妳了。」

藍毛低頭看著自己的腳掌，突然一陣害羞。當她抬起頭看著橡心時，他用鼻頭輕輕磨蹭她。

「部族裡的每隻貓都催我趕快找個伴侶。」他喃喃道：「但除了妳，我誰都不要。」

「我能了解你的心情。」藍毛喵聲說道：「雀歌要我和……」看到他受傷的眼神，她索性停下來。

橡心把身體靠到另一邊，「有其他貓想跟妳……？」

「沒有。」藍毛很快地說：「只是……」

「只是什麼？」

「我一直忙著照顧雪毛的孩子，沒有時間想伴侶的事。」

「妳已經做得很好了，雪毛會以妳為榮的。不過白風暴現在已經是戰士了，」橡心說：「現在的妳可以有時間過自己的生活。」

「話是這麼說沒錯。」藍毛輕聲地說：「但這件事永遠不可能。」

「哪件事？」

「我們之間。」

「為什麼？」橡心很受傷地喵聲問。

藍毛不敢相信這還不夠明白，「我們是不同部族！」**況且我的命中不適合有伴侶**。

她感覺一股錐心之痛，儘管努力想掙脫，但痛楚卻依舊懸在那裡，冰冷且沉重。她將身體挨得更近，讓橡心身上的溫度撫平她的憂傷。

「如果我們一直像這樣私會下去，」她喃喃地說：「彼此終究會受到傷害。」

「唯一能傷害我的，」橡心吸了一口氣，「是和妳分離。」

藍毛心有所感，但她沒有改變命運的能力。她抬頭望著巨石，上頭鋪著一層瑩瑩閃爍的霜。要是兩邊族長們目睹了這一切，一定會震驚不已。

有兩個身影從上面往下看。

月花與雪毛！

藍毛不禁豎起毛髮。

橡心在她旁邊微微動了一下，說：「怎麼啦？」

藍毛注視著母親和妹妹。祂們滿面愁容，一句話也沒說，只是靜靜地坐在那裡望著。

我明白祢們在這裡出現的原因，她心想。祂們是來提醒她別忘了自己的忠誠。如果她要實現水火的神祕預言，就必須強勁如火——並且只對雷族效忠。

「妳在看什麼？」橡心追問。

藍毛眨眨眼睛，巨石上閃爍的身影瞬間消失。「沒什麼。」她轉向橡心說：「我們今晚就待在這裡。」

就這麼一晚！她求母親和姊妹。**在這過後，我保證一定把全部的生命奉獻給雷族**。她抬頭望著岩石，上面已空無一物，只留下一輪皎潔明月掛在清朗的天空上。

「我們來鋪床。」橡心提議。

他們湊了一堆樹葉鋪在橡樹樹根底下，蹺曲著身子，相互依偎在霜氣瀰漫的暗夜中。

第三十七章

柔軟的尾巴末端拂過藍毛的面頰。

「起床囉。」橡心在她耳邊輕聲地說。

藍毛眨開眼睛，並伸了個懶腰，底下的樹葉床鋪沙沙作響。雖然谷地仍舊是一片漆黑，但上頭的樹林和天空已經泛著破曉前熹微的晨光。她坐起身，心臟一陣狂跳。她必須趕緊回去。

橡心凝視著她，眼睛如月亮石般閃耀，「我不要和妳分開。」

「但是我們別無選擇。」她把鼻頭貼在他的鼻頭上。

他們走到空地邊緣，接著暫緩腳步，用尾巴環抱彼此。兩隻貓相處的時間已經結束了。

「我會在河岸等妳。」橡心許諾。

藍毛輕磨他，「我也會等著你。」她低聲喃喃，知道河水會是彼此之間永遠的阻隔。

「我應該也會多練練爬樹功。」他打趣地說。

她說：「好。」現在的她感到傷心疲憊，為什麼橡心卻還能嘻皮笑臉？他難道不明白他們可能再也沒有機會像這樣在一起了嗎？她望著他的眼睛，發現他其實明白。在他喜悅的眼神背後，她看到了和她一樣赤裸裸的哀傷。

「再見。」她輕輕地說了一聲後，便走上斜坡。她頻頻回頭望著站在橡樹下的他，直到自己再也承受不住那樣的痛苦。她終究心一橫，將目光直視前方，奮力往山頂奔去。雖然已到了山巔，她還是可以感覺到他那炙熱的眼神不停地注視著她。

我必須猛烈如火。

林間一片黑暗，她迂迴繞過刺木叢，穿梭在一叢叢蕨類植物之間。在接近營地時，她心跳突然加快；說不定會有族貓在森林走動。**不可能這麼早吧，**她告訴自己。但只要空氣中稍有一絲動靜或氣味，都會讓她不由地緊張起來。

她悄聲走下山谷，腳下的碎沙礫突然嘩啦啦滾落而下，她屏住呼吸，幸好四周不見蛇牙蹤跡，營地入口無人看守。她偷偷摸摸潛進寂靜的營地，直奔戰士窩，神色緊張地察看四周。

一抹黃暈拉開天幕，穿透樹林底下的暗影。黎明巡邏隊很快就會開始集合。藍毛鑽進紫杉叢，緊張得有如被追捕的老鼠，躡手躡腳地爬向她的床。當她輕碰到獅心的床鋪時，他不由地咕噥了幾聲，但幸好沒有驚醒任何一隻貓。藍毛閉起眼睛，身體捲成一團趴在床上。她毫無睡意，腦中忙著回味和橡心度過的每一刻。雖然兩人只有一夜的相處，但她不敢相信自己卻已經愛得那麼深。她怎麼能一輩子再也不跟他說話？更糟的是——她如何在大集會或經過河岸時面對他，假裝彼此是敵人？

不過，他們沒有選擇的餘地。藍毛身為雷族戰士，就必須遵守戰士守則。這意味著，不管她對橡心的愛有多強烈，她都不能和別族的貓交往。

「如果妳們正在聽，」她輕聲對月花和雪毛說：「我保證不會再去見他。」

藍毛頭昏腦脹、全身無力地加入巡邏隊，等待一天任務的指派。獅心已經迫不及待要出勤了，「我一整個早上都困在營地裡。」他抱怨道。

「總要有貓整修營地的牆面啊。」蛇牙告訴他。

「你修得很不錯喔。」小耳補充說：「牆壁比以前更牢固了。」

鶇皮邊舔著嘴巴，邊趕過來，「不好意思，我遲到了。」他道歉說：「我肚子好餓，所以先去吃了點東西。」

花尾搖搖頭，揶揄地說：「要是草鬚還在世的話，肯定會為你感到驕傲。」她的話讓大家想起那貪吃的長老。

陽星在族貓間來回穿梭。褐斑正在羽鬚那裡養病，因此雷族族長必須再次兼任分派巡邏隊的工作。

「蛇牙，你帶獅心、白風暴、薊爪還有虎爪，」他命令道：「去重新標示與河族的邊界。他們可能會有突襲行動，切記凡事要小心。」他停了下來，彷彿在思考是不是該派更多的戰士前去。

「在爬上岩石前，我們會先徹底清查整個區域。」蛇牙向他保證。

陽星點頭，「很好。金花，妳帶斑皮、鶇皮、藍毛去巡視兩腳獸邊界。」這蕫黃色母貓點頭，接著轉身對著她的巡邏隊員說：「走吧，」她大聲說道：「我們去嚇嚇幾隻寵物貓！」藍毛心想，幸好金花是帶點半開玩笑的口氣說。薊爪對付小黑貓的行徑，藍毛還歷歷在目——而且現在的她，恐怕連一隻老鼠都沒力氣嚇跑。

ϟϟϟ

他們來到了松樹林，金花說：「我們分兩路進行。我和斑皮到伐木場巡邏，你們兩個就到兩腳獸邊界查看一下。」她對著藍毛和鶇皮點點頭。

藍毛心不在焉，腦中畫面還停格在和橡心依偎在映著滿天繁星的巨大橡木下。

「要過來了嗎？」鶇皮正用嘴巴啣住荊棘，撥開一個縫，因此口齒不是很清晰。他揮動尾巴，示意藍毛鑽過去。

「謝謝。」她經過他身邊時低聲說道。

「可惜我們今天沒有被派到狩獵隊，不然我就可以跟妳學學幾招。」鶇皮緊跟在她後頭說：「妳的鼻子超讚。」他遲疑了一會兒說：「我的意思是，再怎麼淡的氣味，都逃不出妳敏銳的嗅覺。」

「喔……嗯……謝謝。」藍毛結結巴巴地說。鶇皮總是喜歡說這種話。為什麼突然之間他的熱情會讓人感到如此彆扭和厭煩呢？

他在邊界附近停下腳步，開始重新標示氣味。藍毛轉過身，望著眼前高高聳立的籬笆。她曾在這裡看到松星和傑克在一起。

鶇皮一副看出藍毛心事的模樣，嘆了口氣說：「不知道松星會不會出現。」

藍毛彈彈尾巴，「我想他應該已經有新名字了。」

鶇皮瞪大眼睛，轉過去看著她說：「為什麼會有部族貓想當寵物貓？雖然當河族貓已經夠糟了，不過要是讓我選，我寧願當河族貓，也不要去當什麼寵物貓。」

藍毛沒有答腔，只是靜靜地注視著籬笆。**要是我可以去當河族貓的話，一切就容易多了。**

当他們返回營地時，藍毛已經累到沒有感覺。她往巢穴方向走去，一頭鑽進紫杉窩。褐斑蜷縮在床上，陷入昏迷狀態，身體猛縮成一團，彷彿已經冷到寒風刺骨的地步。不過，巢穴其實是暖和的，營地整個早上陽光普照，溫暖了禿葉季的空氣。

藍毛與褐斑擦身而過，聞到從他身上散發出的一股刺鼻酸味：那生病的惡臭味濃烈到讓她直發毛，一股寒意不由地從腳心竄起。藍毛突然注意到他瘦可見骨的身形，褐斑這次病得很重，雷族可能隨時都需要新的副族長人選。

藍毛趕緊走出巢穴。褐斑真的快死了嗎？**我得去找鵝羽問清楚，希望這次他能頭腦清楚些！**這一切來得太快，她連生平的第一個見習生都還沒訓練完成，哪來的資格當副族長？當她到了空地時，老巫醫已經被族貓們團團包圍住了。

花尾搖著頭，「他晚上來來回回好幾趟，害我已經好幾天沒睡好覺了。」

小耳附和道：「他唯一做的一件事只剩下來回跑廁所。」

「他這次會好起來嗎？」白風暴問。

藍毛湊到這白色戰士的旁邊，說：「你們是在說褐斑嗎？」

白風暴點點頭。

「他的病情似乎比平常嚴重。」獅心插話。

鵝羽露出凝重擔憂的神情說：「每種方法我們都試過了，但都不見效。」

藍毛搖搖尾巴。鵝羽到底想跟他們透露什麼？「他上次的病不就醫好了嗎？」她說。

「他上次沒有病得這麼重。」鵝羽說：「陽星必須盡快考慮新副手人選。」他看著藍毛，眼神突然變得如小貓般敏銳和興奮。

藍毛瞬間渾身緊繃。難道她的機會真的來了？

她身後傳來一個低沉的聲音，「哦，沒錯，換我取代褐斑的時候到了。」

藍毛猛然轉身，發現薊爪站在她身後，鵝羽也看到了他。這渾身刺毛的公貓，眼底閃著炯亮的光芒，高高聳起尾巴，肌肉結實的肩膀在陽光下顯得特別光亮。

陽星需要年輕、有活力的貓從旁輔佐他。藍毛想起鵝羽的話，不禁打了個寒顫。此刻的薊爪似乎是族裡最強壯、最有為的貓。陽星會因此選他做下一任副手嗎？

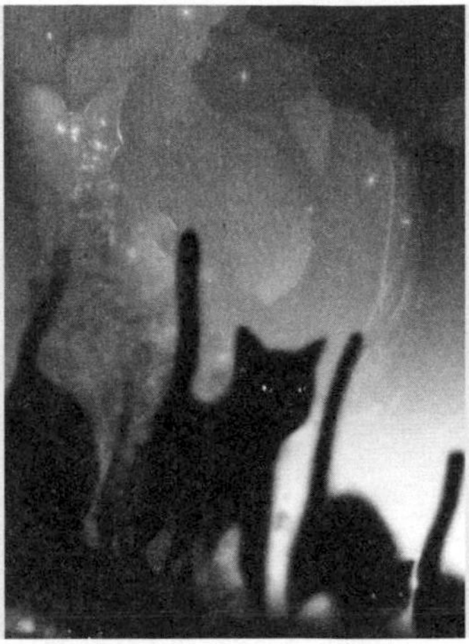

第三十八章

雷族貓們從大集會回來，一隻隻鑽進巢穴，紫杉叢被搖得沙沙作響，灌進一陣陣禿葉季冷冽的寒風。

藍毛抬起頭說：「會開得如何呀？」她睡意惺忪地打著哈欠。最近的她感覺格外疲倦，白天昏昏沉沉，晚上更是一倒頭就呼呼大睡。在坑地做訓練時，她也感覺到自己異常笨拙。所幸霜毛和斑臉已經順利成為戰士，藍毛現在沒有訓練課程要指導，也就有機會減少格鬥練習的次數。

玫瑰尾用爪子抓抓床鋪後踏進去。「我明天再告訴妳。」她閉起眼睛低聲說。

睡在藍毛另一邊的豹足比較多話，顯然還沉浸在集會的亢奮情緒中。她整理一下床上的蕨葉後說：「霰星丟了第九條命，」她告訴她：「他被大老鼠給咬了。」

藍毛坐起身，「他死了嗎？」

「對。曲星現在是河族的族長。」

「那誰是副族長？」藍毛豎起耳朵，她知道橡心一直朝領袖的理想邁進。

「木毛。」

木毛？可是橡心是曲星的兄弟耶。他怎麼能就這樣跳過他？藍毛把這些話藏在心裡。自從一個月前從四喬木歸來後，她就再也沒有和橡心碰過面。她刻意告訴陽星自己在跳下山谷時扭傷了肩膀，為的就是能避開大集會。她怕自己看到兩貓曾經依偎而坐的樹下，或是共同築起的愛巢殘跡時，會觸景傷情。而且遇到橡心，卻只能和他禮貌性問好，是何等痛苦的折磨。

「還有貓大打出手咧。」豹足小聲地說。

「在大集會上打架？」藍毛感到震驚。

「一隻叫碎掌的影族見習生撲向兩隻河族見習生。多虧橡心從中把他們隔開。」

他有去！她的心如針扎。他一定在找她。她希望他能明白她沒現身的苦衷。

「虎爪還想摻一腳咧，」豹足繼續說：「薊爪幾乎是一屁股壓在他身上，才制止住他。杉星當然是面子掛不住，於是就罰碎掌掃一個月的長老窩。當處分一宣布時，鋸皮的臉色大變。他可是對碎掌幾乎要把兩名見習生碎屍萬段的事，感到很自豪。」豹足搖搖頭，「影族快要變成一群狐狸心腸的貓了。」

藍毛重新趴回床上，想著橡心的身影，眼皮愈來愈沉重。

豹足還是繼續哈啦下去。風族已經瘦了一圈；河族裝作一副從沒占領過陽光岩的樣子。

藍毛開始打起瞌睡。

「妳今天沒去，我一點都不訝異。」豹足的這一句話讓她馬上驚醒過來。

「怎麼說?」

「妳跟陽星報告過了嗎?」

跟他報告什麼?藍毛的心跳開始加速。豹足該不會知道了什麼?難不成有誰在大集會上洩漏了他們的祕密?

「要跟他報告什麼?」她顫抖地問。

豹足對她眨眼睛，說:「就妳懷孕的事啊。」

懷孕?

不可能!藍毛一臉震驚地看著她的室友。**她怎麼會知道?**

「妳緊張是難免的。」豹足的毛髮拂過她的腹側，「第一次都會這樣。」

此刻，玫瑰尾也醒了過來，「藍毛!妳懷孕了嗎?為什麼不告訴我?鶇皮知道嗎?」

「小聲點!」藍毛輕聲吼道。

玫瑰尾把身體湊得更近說:「對不起。」她小聲地說:「我只是很高興。我就知道妳和鶇皮之間一定有什麼。他一定會是個好爸爸。」

豹足抽動耳朵，「我怎麼不知道妳跟鶇皮之間有曖昧關係。」

沒有!藍毛把話吞了回去。要是真的說了，她們一定會追問誰才是孩子真正的父親。「先不要跟他說。」她求她們。

「哦，妳要親口告訴他。」豹足發出呼嚕聲，「這點我當然可以理解。不過妳得趕快說喔，妳的肚子已經開始大了起來，很快連其他公貓們都會察覺了。」

豹足和玫瑰尾趴回去，睡在她兩側，藍毛望著巢穴邊緣的陰暗角落。**對不起，**她低語喃喃，**雪毛、月花，請原諒我。我真的不是故意的。**

天亮時，她拖著身子走出床鋪，突然之間感覺到自己肚子額外的重量。她之前怎麼會都沒有發現？戰士們已經站在外面，團團圍住蛇牙，等著他分配一天的工作。褐斑現在睡在巫醫窩裡，幾乎已經是放棄了副族長的位子。

藍毛搖搖晃晃地經過族貓們，往陽星的窩走去。她在洞穴口停了下，隔著地衣喊道：「我能和你談談嗎？」

「是藍毛嗎？」陽星的聲音從裡面傳來，「進來。」

藍毛穿過地衣，抑制嘔吐感。

陽星正坐在床邊，舔洗著臉，「妳還好吧？」

「我身體有些不適，」藍毛告訴他：「可以准許我不去巡邏嗎？」

陽星把頭側到一邊，「妳是吃壞肚子了嗎？」

「有可能。」

「請假是沒問題。不過，要是到太陽高掛時還是不舒服，記得去找羽鬚看一下。」

「我只是需要點新鮮空氣。」藍毛要他放心。她走出巢穴，往營地入口走去，想到森林獨自靜一靜。

看到她走到金雀花隧道附近，鶇皮立刻脫離戰士隊伍，趕到她身邊，說：「妳沒事吧？」

「我很好。」藍毛正眼都沒瞧他一眼，只顧著往前走。她的耳朵脹紅，不敢相信自己竟讓豹足和玫瑰尾誤以為他就是孩子的父親。

鶇皮後退，讓她獨自鑽過隧道。枝椏緊密刷過她的兩側，除了微微刺痛的感覺外，毛皮也被壓出一條條的印痕。她的肚子已經鼓出來了。藍毛拖著疲憊沉重的身軀往山上走去。當到達山頂時，她已經筋疲力竭了。她坐下來，低頭看著自己圓滾滾的肚子。她身體裡面真的有小貓嗎？她突然湧現一股保護的天性，笨拙地彎身舔舐身上柔軟的毛。

藍毛一聽到首批巡邏隊離開營地的聲音，立即站起身，急忙竄進蕨葉叢裡。她繼續往前走，直到聲音逐漸在她身後消失。她抬頭望去，前方稀稀落落的枝椏在天空掩映下，顯得輪廓分明。她的腳不知不覺來到了河邊，希望能和橡心分享這個消息，也想從他那裡聽到令自己心安的話語。但是他還會在那裡等她嗎？

她沿著平滑的石頭斜坡緩步而下，在河水邊緣坐了下來。緊鄰遠端河岸的林木，在禿葉季的霜凍下，枝葉顯得稀疏，讓她很容易一眼就可以看到樹林裡的動靜。現在該怎麼辦？我該如何解釋孩子的事？**水將會把妳摧毀**。這是不是預言所指的意思？懷有身上流著半個河族血液的孩子？

雲朵鋪天蓋地而來，橙黃色的天空隨時會飄起雪。藍毛顫抖著身子，再次掃視了一遍對岸。飢寒交迫的她再也等不下去。她失望地走上岸邊，對面河岸突如其來的一陣騷動引起了她的注意。她滿懷希望地將身體往前傾，一眼認出了橡心那光滑的黃褐色皮毛，心開始怦怦地快速跳著。

但是他身邊還跟著鴨毛和瀨潑，正在執行巡邏勤務。當河族巡邏隊走到河岸邊時，藍毛趕緊退走。不過已經太遲，河族的貓已經看到她了。

瀨潑隔著河水咆哮道：「想抓魚啊？」她譏諷著。

橡心沒看藍毛，「雷族不喜歡把腳弄濕。」他提醒那隻母貓，「你們兩個回營地和曲星稟報雷族逗留邊界的事，」橡心告訴他的族貓們：「我留守在這裡，查看他們到底還有幾隻貓在這裡。」

瀨潑和鶚毛咻地跑回樹林。

橡心站在河岸，波浪在他腳下湧動。他隔著漆黑的滾滾河水喊道：「好久不見。」

「我——我需要你。」

橡心的眼底燃起希望的火花。藍毛為難地皺起臉，不忍心讓他期望成空。他真的以為她來這裡的目的是要和他再度私會嗎？

他很快地滑進水裡，向對岸游去。儘管河水滔滔，他依舊表現得很堅定，如水瀨般平穩地滑過河面。他攀上岩石，快步跑到她旁邊說：「怎麼啦？」

藍毛低頭看著腳掌，沒辦法說出口。他們已經一個月沒見面了，不知道他會如何回應？

「你的兄弟沒有讓你當副手呀？」她喵聲說道。

「沒有。」

「我還以為你的夢想是當領袖。」

「他有跟我提過，可是我婉拒了。我現在還沒有資格，不過以後一定會有。」

橡心回頭望了一下，說：「我們沒有很多時間。妳有什麼事要跟我說？」

「沒當上副族長，難道你不失望嗎？」

「藍毛！」他發出嚴肅的喵聲說：「曲星已經準備要派出巡邏隊了。」

「好。」她深呼吸，說：「我懷孕了。」

橡心的眼睛瞪得跟貓頭鷹一樣大。藍毛等著他說話，感覺眼前一片天旋地轉。

「一切都會沒事的。」他濕冷的毛貼著她的身體，「我們的小孩會很優秀，不但勇敢、強壯、聰明，而且游泳和爬樹兼備！」

藍毛突然感到畏縮。他完全沒有抓到重點，「我們是不同部族。」她提醒他。

「這是個問題，」橡心承認，「不過妳可以加入河族，或是我加入雷族。這種例子以前也有過發生過。」

「有嗎？」藍毛查問。

「你們部族裡有隻叫風翔的貓，他的爸爸其實是風族貓。妳都不知道這件事嗎？」

藍毛搖頭，感到一陣錯愕。族裡沒有任何貓提起過這件事。「你確定嗎？」她問。

「確定。」

「那為什麼沒有貓談起？」她劈頭問道。

橡心聳聳肩。

藍毛知道為什麼，「因為這要是真的，大家一定都把它當成一件可恥的事。雷族貓讓風翔在自己的營地長大。風族的貓寧可把他給忘了，也不要承認他風族的血統。你難道要我們的孩子在這樣的處境下長大嗎？」

「不過，如果我加入雷族，他們就會是雷族的小貓了。」橡心反駁。

藍毛看著他說：「你會為我這樣做嗎？」

「為了妳和孩子我隨時可以這麼做。」

「但是，你的族長夢想怎麼辦？你在雷族永遠不可能當上族長。你會永遠被當成外人。」

橡心低下目光說：「在河族也有很多貓等著競爭族長的位子。」

「不過，你一定有能力爬到那個位子。」藍毛感到很難受，她絕不能讓他因此放棄夢想，「你不能就這樣離開河族。」

「還是妳要離開雷族，來河族生活？」

「我辦不到。」

「如果妳在擔心游泳這件事，我會教妳，就像我之前向妳保證過的一樣。」

「不是這件事。」藍毛突然想起薊爪野心勃勃的眼神，以及鵝羽的話：**他走血路，妳走火路**，「雷族需要我。」

橡心直愣愣地看著她，「我也需要妳。」

藍毛淡然地搖了搖頭，「不，你不需要我。我會留在雷族把孩子帶大。我會告訴族貓們孩子們的父親是雷族貓。」

橡心瞬間移開目光，「哪一隻雷族貓？」

「不！」藍毛一陣哽咽，「我們只有這條路走了，難道你不明白嗎？為了孩子們著想，我必須把他們當作純雷族來養育。」

「那我呢？」橡心無奈地問。

藍毛噘起嘴脣，「這和你無關。」她發出低吼，轉身準備離去，「孩子們在我這裡，我會獨力把他們撫養長大！」

「若妳願意，他們是可以有爸爸的。」橡心輕聲說。

藍毛感覺肚子一陣翻攪，孩子開始在裡面躁動不安。他們該不會知道發生了什麼事？**我會好好照顧你們**，她邊向他們保證，邊往岸上走去。

「若妳需要我，我隨時會在這裡。」橡心在她身後大聲說道：「我愛妳，藍毛。不管發生什麼事，他們永遠都會是我的孩子！」

第三十九章

藍毛沿著樹林走回家，肚子餓得咕嚕作響。橡心的身影，和他那雙閃著憂愁的眼睛牢牢地在她腦中盤旋，拂也拂不去。禿葉季的枝枒在她頂上沙沙顫動，步道兩側的灌木叢在寒冬中紛紛枯落。這真是她當見習生時奔跑過的小徑嗎？她和雪毛在樹林間追逐，在這裡抓她的第一隻獵物，練習打鬥和狩獵？她從沒有想過那是如此輕鬆和快樂的一段時光。

現在每件事都變了，連樹林都變得陌生。

「藍毛？」

鶇皮在前方的小徑叫住她，他沙灰色皮毛和整片受霜寒的蕨葉林融成一體，「妳沒事吧？」他睜大眼睛，充滿擔憂地問。

藍毛只顧著低頭往前走，「我要回營地去。」

他輕柔地揚起尾巴，依舊擋著她的去路，「停。」他半命令她。

她看著他的眼睛，突然發現他眼底的溫

柔。

「玫瑰尾剛跟我恭喜，說我要當爸爸了。」他喵了一聲。

藍毛感覺整個世界在旋轉，「不可能！她保證過不說的！」

「她說的是真的嗎？妳懷孕了？」

「對不起。我沒跟她說你不是孩子們的父親。」她一陣窘迫，努力尋找合適的字句，「這是她自己的猜測，而且這樣比較容易……」她停了下來，沒辦法繼續再說下去。

「所以妳真的懷孕囉？」鵪皮追問。

藍毛眨眨眼，說：「嗯，對。」她等著他開口問，孩子的父親是誰，為什麼她要說謊等等。不過他只是站在原地看著她。

最後他終於開口：「我不會去追問孩子的父親是誰。」他喵聲說：「妳不說一定有妳的苦衷。」

藍毛耙抓地面一株零星的蕨葉植物，「事情沒能如你所願發展，我感到很遺憾。和……和你在一起應該會很快樂，這點我心裡明白。不過事情已經到了這個地步，我真的不知道該怎麼做才好。」

鵪皮換換腳邊的姿勢，「若妳想要的話，大可告訴族貓我是孩子們的父親。我的意思是，若這樣可以讓事情變得不那麼複雜的話。」

藍毛看著他，「你真的願意這麼做？」她難道是唯一不願意為這些孩子們做任何犧牲的貓？

鶇皮點頭，「妳知道我對妳的感情，藍毛。只要妳開心，我什麼都願意做。我會把妳的孩子當作自己的親生骨肉一樣看待。」

「我……我不能讓你受這種委屈。」

尖叫聲劃破天際。

鶇皮豎起耳朵，「這聲音聽起來，應該是薊爪和虎爪發現非法侵入者。他們可能需要幫忙。」他趕忙沿著往河岸的路徑飛奔而下。

藍毛認得那聲尖叫，**是橡心！**她跟在鶇皮的後面，氣喘吁吁地窮追在後。她在岸邊煞住腳步，看到薊爪一把擒住橡心的喉嚨，把他強壓在石礫堆上。虎爪站在旁邊看著，鶇皮則來回盤旋，觀看對岸是否有河族貓前來營救橡心。

「你這個吃魚的髒東西。」這刺毛戰士對著橡心痛苦掙扎的臉咆哮：「你來我們的地盤做什麼?今天非把你的喉嚨撕爛不可！」

「他們可能還有更多的同夥正趕過來。」鶇皮警告，「我回去找幫手。」他一溜煙消失在樹林中。

藍毛飽受驚駭，「你們這是在做什麼?」她飛速衝向薊爪，伸出利爪，目光盯著在那戰士腳下不斷掙扎的橡心。

虎爪上前擋住她的去路，「這河族傢伙私闖邊界。」他咆哮道：「我們得教訓教訓他。」

藍毛隔著他，看到鮮血從橡心的喉嚨湧出，把薊爪的腳掌染得一片鮮紅。她尖叫一聲，衝向前，撞得薊爪一時失去重心。她張爪猛力把薊爪從橡心身邊扯開，順勢把他甩到一旁。

薊爪跌了個跟斗後，站起身說：「妳瘋了嗎？」他齜牙低吼：「這次不是什麼小貓！是河族的戰士侵犯我們的領土！」

「你也太誇張了吧。」藍毛叱喝道：「他一隻貓能做什麼？」

薊爪眼睛發了瘋似地掃射四方，「說不定還有其他河族貓在附近。」

「沒有。」橡心踉踉蹌蹌站起身，頭緩緩地左右扭動，「我被浪沖到這裡來，我現在就走。」

「還想溜啊？」薊爪跳到他面前，擋住不讓他走。

藍毛衝到他們中間，「夠了，薊爪！他已經得到教訓了。我相信他沒這個膽來第二次。」她和橡心四目相望，看到他的眼神盡是悲傷，「讓他走。」她對著薊爪喃喃發出微弱的懇求聲，話語在她心中迴盪著，**讓他走**。

橡心一跛一跛地從她身邊走過，悄然滑進水裡。

「叛徒！」薊爪猛力一推，將藍毛推得踉蹌退了幾步。薊爪仍舊張著大大的利爪，上面還沾著橡心的毛，「妳這懦弱、愚蠢至極的傢伙！我從沒看過妳出手抵禦邊界，妳還算是個戰士嗎？」他走到她面前，呼吸急促，眼神中散發嗜血的狂暴，「妳認識那個河族戰士嗎？」他嘶聲低吼。

藍毛克制內心的害怕，努力將皮毛收平。「他叫橡心，我們在大集會時見過幾次。」

薊爪往前逼近，距離藍毛的鼻頭只有一個頰鬚的距離。「我不是問妳知不知道他是誰，我問的是妳認不認識他。」他仍舊瞪大眼睛，繼續說：「認識的程度有沒有超越了戰士守則的規定？」

他是否已經發現我們在一起？還是有所耳聞？藍毛鼓起勇氣，強迫自己迎向薊爪的目光。

「當然沒有。」她啐嘴道。

薊爪突然步履踉蹌地走開，眼睛緊盯著對岸，開始在河岸邊來來回回走動，「我們需要更加嚴密巡邏，」他咕噥著：「這裡太容易被入侵，太多敵人虎視眈眈。唯有用敵人的血來標示邊界，讓他們聞風喪膽，才能一勞永逸。」他說得口沫橫飛。

藍毛顫抖著身子退了幾步。他瘋了！

矮木叢一陣搖晃，鶇皮瞬間竄出，來到河岸，後面緊跟著蛇牙、雀皮和獅心。**感謝星族！**他們或許有辦法讓他把情緒穩定下來。

不過當薊爪一轉身時，眼神已轉為和緩，毛髮也不再怒張，「沒事了，」他鎮定地喵了一聲，「只是一隻河族戰士逗留，我們已經把他驅逐了。」

「幹得好。」蛇牙讚揚道。

「真是好眼力。」雀皮補充。

鶇皮注意到藍毛的神情，不由地感到困惑。藍毛搖搖頭。現在不是挑戰薊爪的時候。

蛇牙對著虎爪點點頭。「你還得多跟薊爪學學。他是個很了不起的戰士，有很多值得效法的地方。」

虎爪點頭回應。「我一樣也不會漏學。」他自信地說。

「這個區域全巡視過了嗎？」蛇牙問。

「全巡過了。」薊爪若無其事地走進樹林，連看都沒看藍毛一眼。

藍毛隨著巡邏隊，一路跟在鶇皮後面走回營地。橡心沒事吧？不知道有沒有和他的族貓會合？所幸瀨潑的巡邏隊沒有回來找他，才沒有加深薊爪無端的猜疑。

他走血路。

藍毛不禁打了個寒顫。她必須去警告陽星。

回到營地後，雷族領袖把薊爪和蛇牙帶到族長窩，聽取他們的報告。懊惱的藍毛只能猜想薊爪會怎麼說橡心這位「入侵者」的不是。她焦急地等待，即使腳已經又痠又累，還是不停地繞著空地來回走動。

「來，」鶇皮將一隻麻雀丟在她腳邊。「妳得吃些東西才行。」

藍毛嘆口氣，坐了下來。現在她的肚子無時無刻都在咕嚕叫著，連假裝不餓都沒辦法。

鶇皮看著開始進食的藍毛說：「妳有想過我說的話嗎？」他問。

藍毛嚥下嘴裡的食物。薊爪已經開始懷疑她和橡心的關係了，若她還不接受鶇皮的建議，豈不是個鼠腦袋？「你真的願意嗎？」

鶇皮點點頭。

「謝謝。」她彎下身，再咬一口麻雀，陽星窩前的地衣突然窸窣作響，接著蛇牙和薊爪走了出來。

藍毛用餘光瞄到了薊爪。「我馬上就回來。」她匆忙跑到雷族族長窩。「是我，藍毛。」她隔著地衣喊道。

「進來。」

她擠身進去，洩進的光影在洞穴沙土上微微蕩漾。

陽星坐在暗處，「能有像薊爪這樣忠心的戰士，真是雷族的福氣。」

藍毛渾身僵硬，「我知道他很忠心，不過……」

陽星沒等她說完便開口說：「他是雷族所引以為傲的戰士。」

「不過，他攻擊橡心時，我也在場。」

「攻擊？」陽星訝異地看著她，「我以為他是在防衛。橡心是擅自闖入，薊爪只是依戰士守則行事罷了。」

藍毛開口說：「戰士守則有提到公正和憐憫心，薊爪的行為太凶殘，他幾乎要殺……」藍毛話說到一半就被陽星打斷。

「妳不應該再介入邊界衝突了。」

藍毛感到困惑。他難道不相信她？薊爪到底跟他說了什麼有關她的是非？

陽星瞄了她的肚子一眼，說：「妳至少也得等生完孩子後再插手管。」

「你怎麼會知道？」藍毛驚訝地倒抽一口氣。

「這一看就知道啦，」陽星發出貓嗚說道：「我雖然沒辦法親自生小孩，不過懷孕的貓后長怎樣我可還看得出來。」他緩步經過她身邊，用鼻頭在地衣間鑽出個縫隙，然後停下來，回頭望，「妳會是個對雷族有貢獻的好母親。」他發出一絲微小的嘆息，「我原本希望妳能繼承我的位子，但星族似乎要妳走不同的路。幸好，」他望著空地，繼續說道：「還有另外一隻貓有能力在未來領導部族。」

藍毛繃緊肚皮，隨著他的目光望出去。

他正在看薊爪。

那全身刺毛的戰士，正對著一群興奮的族貓們，誇耀自己如何把橡心打得落荒而逃。虎爪則在空中使勁揮掌，示範當時的動作。藍毛打從骨子裡發寒，不由地退了幾步。

千萬不能讓薊爪接掌雷族，他會毀了所有族貓！

第四十章

「要生出來了嗎？」白眼邊喊，邊拉住小追的尾巴，一把將他拖回床鋪，在旁邊的姊妹小鼠為了等窩裡即將報到的新成員，已經等到睡著了。

陽光灑進育兒室。一層厚雪鋪蓋在蕨葉屋頂上，一切都顯得寂靜無聲。好幾隻小貓依偎在一起，把巢穴擠得暖呼呼。

「不會太久的。」羽鬚輕聲喃喃，全神貫注地看著藍毛隨著一波波收縮陣痛而顫抖。斑點掌傾身靠近她。

「把腳掌放在這裡。」羽鬚拿起他的新見習生的腳擱在藍毛肚子上，「她的身體正使力要把孩子推出來，妳有感覺到嗎？」

斑點掌一臉正經地點點頭。鵝羽在半個月前搬到長老窩時，斑點掌就央求要從戰士訓練換成巫醫訓練課程。羽鬚也告訴陽星他想不到有哪個見習生比斑點掌更適合。她對草藥的記憶能力絕佳，更重要的是，這隻年經漂亮的玳瑁貓在一舉一動中都展現出對醫術的十足熱誠。

「把腳拿走開！」藍毛低吼，又是一陣抽痛襲來。陣痛稍退，她看到了斑點掌一向溫和的眼神中透露出驚慌。「對不起，」她喃喃道：「我只是沒有想到會這麼痛。」

「我把妳弄疼了嗎？」斑點掌焦急地問。

羽鬚用尾巴拂過斑點掌的腹側，「沒有，」他安撫她，「貓后在生小貓的過程中難免會發點小脾氣。」他瞇起眼睛看著藍毛，「只是有些貓后脾氣會比較大。」

「讓你從天亮開始痛到現在，看你會不會發脾氣！」藍毛不耐煩地說，接著又是一波疼動掃過，她痛得全身發顫。

噢，雪毛，幫我！

一縷輕風拂過她耳際的毛，伴著再熟悉不過的氣味圍繞著她。

就快好了，我親愛的姊姊，做得很好。

「第一隻要出來囉，」羽鬚喵喊道，「斑點掌，等他落地時，用妳的牙齒把胎膜咬開。」

斑點掌站好定位，剎那間，一小團濕潤的東西滑落到床上。

「公的！」羽鬚宣布道。

「他還好嗎？」藍毛的腳興奮地抖動著，伸長脖子想看她的第一個孩子。

「快，斑點掌！」羽鬚吩咐，「用力舔他。」

藍毛喘著氣說：「他有呼吸嗎？」

看到羽鬚遲疑的臉色，藍毛心頭猛烈一跳。

「嗯？」

「現在有呼吸了。」羽鬚叼起小貓，放在藍毛懷裡。

他溫暖濕潤的身體貼在她的毛髮上。藍毛感動得渾身顫抖，傾身向前聞她的兒子。這真是世界上最美妙的味道，「他好美。」她輕聲地說。

另一波疼動沿著她的腹側擴散。

快了，雪毛安撫她。

「小母貓。」羽鬚邊喵聲說道，邊將第二隻小貓放在她的懷裡。他的腳輕輕按壓藍毛的肚子。「應該還有一隻。」

在經歷最後一股劇烈的疼痛後，藍毛氣喘吁吁地攤倒在青苔上。

「做得很棒！」羽鬚恭喜她，「也是一隻小母貓！三隻看起來都很強壯健康。」

做得很棒，雪毛用溫柔的喵聲輕喚。

謝謝妳，雪毛。藍毛伸出尾巴，把三隻剛出生的小貓緊緊圍在懷裡。他們開始吸奶，藍毛身體的痛苦隨即像噩夢般消逝。**橡心，我們有兩個女兒和一個兒子**。

蕨葉沙沙搖晃，鶇皮鑽進巢穴。「她還好吧？」

「藍毛很好，」羽鬚告訴他：「她生了三隻健康寶寶，兩隻小母貓和一隻小公貓。」

鶇皮高興地發出呼嚕聲，藍毛心中滿懷感激。儘管她已經決定不跟族貓表明孩子父親的身分，不過她猜想，應該還是有很多貓直接認定他就是孩子的爸爸。鶇皮從沒有出賣過她；要是有族貓提到即將出世的孩子，他總是點點頭，並稱這是雷族天大的好消息。此刻，他走到床邊，傾身用鼻頭輕輕觸摸他們。「我多希望自己就是他們的父親啊。」他小聲地對藍毛說。

藍毛的心一陣悸痛，「你是我的好朋友。」她小聲地回應。

「妳準備給他們取什麼名字？」白眼喵了一聲，下床走到藍毛身邊。

「暗灰色的小母貓叫小霧，」藍毛發出呼嚕聲說：「灰色小公貓叫小石。」小石這名字有著河岸的隱意。

「那這一個呢？」鶇皮用尾巴尖端撫摸著這淡灰白相間的小貓。

「小苔。」藍毛決定。

羽鬚動了動頰鬚。「妳完全不讓孩子的父親決定名字啊？」他揶揄道：「妳從以前就是這麼果決，藍毛。」他的眼裡藏著好奇的微光。

對不起，羽鬚，你一直對我很好，但我必須保守這個祕密。

藍毛再次彎身，開始舔舐孩子濕濕的毛。要是橡心能親眼看到他們那該有多好。她一邊梳理小苔，一邊看著小石，他的頭型和一身光滑的毛有橡心的影子。**我會替你付出雙倍的愛**，她承諾。

她把他們擁得更緊，閉起眼睛，漸漸進入夢鄉。

半個月過去了，營地依舊積著一層厚厚的雪。藍毛坐在育兒室入口，看著孩子正興奮地吱吱叫、拍打著紛飛的雪花。她有點擔心小貓們會著涼。

「我是不是該把他們帶進來？」她問白眼。

「孩子其實比想像中還要有抵抗力。」白眼要她安心，「若是妳看到他們鼻子的顏色變淡，就是該把他們帶進來的時候了。」

藍毛仔細看三隻小貓的鼻子；他們在雪中活蹦亂跳，互相追逐尾巴，臉上的鼻子透著一抹粉莓色。三個月大的小追和小鼠為了找機會捉弄他們而把雪球彈到他們身上。等小貓們煞住腳步，咕噥抱怨時，兩隻貓又裝出一副若無其事的模樣。

蛇牙正在隧道入口清理雪堆，風翔和疾風也在一旁幫忙。薊爪站在厚雪覆蓋的蕁麻叢邊，正忙著示範戰鬥技巧給紅掌和柳掌看。柳掌一身淡色的毛在一片皚皚白雪中幾乎分辨不出輪廓。陽星與暴尾則使力鑿開蓋在新鮮獵物堆上的雪。

「一個都不剩。」陽星失望地收起前腿坐立。

暴尾嘆氣。「我們只能不斷派出巡邏隊，直到抓到獵物為止。」他瞄了一眼育兒室，露出擔憂的神情。「連貓后們都開始瘦了。」

羽鬚正帶著一堆草藥朝長老窩走去。

「都沒事嗎？」陽星叫住他。

「沒事。」啣著滿嘴草葉的羽鬚含糊說道：「我盡力就是了。」他對著正要從殘枝斷木間鑽出來的鵝羽點點頭，並說：「現在都還習慣吧？」

「什麼？」鵝羽顯得心煩意亂。

「你的床還舒服嗎？」羽鬚又問了一遍。

「是啊，舒服。」鵝羽邊說，邊緩步穿過空地，羽鬚則進入長老窩。

藍毛看到老巫醫迎面走來。他那急切空洞的眼神讓她不由地豎起寒毛。這次他準備要說什麼？小貓們在戰士窩旁的雪堆裡翻滾，藍毛看著他們告誡道：「別吵到小耳！他正在休息。」

「我們不會吵到他的。」小石保證完後，又繼續爬上雪堆，咻地滾落下來。他坐起身，甩動耳朵，抖落身上的雪。

藍毛露出慈愛的眼神，搖搖頭。

一個身影落在她身旁。「這並非預言的一部分，」鵝羽嘶聲說：「火必須毫無羈絆地燃燒。」

藍毛站起身，和他面對面。她或許曾經懷疑過自己是否真有火的爆發力，但現在她可以完全確定。她感覺火在皮毛底下悶燒，帶給她有如猛獅般的巨大力量來保護自己的孩子。「預言可以先擱著，」她低吼：「我的孩子現在需要我。」

「雷族怎麼辦？」鵝羽轉身看著在空地另一邊的薊爪。雪花飄落在那戰士的毛上，勾勒出微微起伏的稜線。他一步步指導紅掌如何猛力揮動前掌，抓得更高。

「張開腳爪！」他厲聲喝道：「你打鬥的對象可不是老鼠。」

藍毛嘆口氣。她該怎麼做？

「看好喔！」小霧邊喊，邊迎頭撲向雪堆。

小耳從搖晃的紫杉叢中氣嘟嘟地衝出來，「你們這些小貓，可以到別處去玩嗎？」他發著牢騷。

藍毛喊道：「對不起，小耳。我已經有警告過他們了。」

小苔朝著小耳迎面翻滾而來，並尖聲叫道：「你們看我——！」小耳的眼神瞬間軟化。

「他們也就這段期間可以當小貓了。」這隻戰士嘆了口氣後，便往殘樹方向走去，「或許石皮願意讓我跟他擠一起，睡個午覺。」

鵝羽轉身對著藍毛，他的藍色眼睛像天空一樣空茫茫，「要是讓薊爪當上副族長，雷族就完了。」

藍毛瞇起眼睛，「我的孩子需要我。」她又重複說一次。

「他們不只是妳的孩子。」他告訴藍毛：「他們還有個父親可以養育他們。」

藍毛突然心頭一顫，「你想說什麼？」

「我在四喬木附近，」他喃喃說道：「看到妳和橡心在一起。」

鵝羽的這番話宛如一道晴天霹靂，讓藍毛心生畏懼。**他知道**。

「我對這件事不予置評，藍毛。」他以平緩的喵聲說：「妳從沒有打算要背叛雷族。但若是妳不拿出行動，這些小貓遲早會和其他族貓們一樣倒臥血泊當中。妳仍是那團為雷族燃起一條不同道路的火焰。」

「藍毛！」小石的尖叫聲讓藍毛猛然轉身。小苔跌進一座雪堆，高到只露出小苔的兩隻耳朵。藍毛趕過去，咬住小苔的頸背，把她救出來，抖掉這隻小毛球身上的雪，把她放到較穩固的地方。

鵝羽是否所言不虛？她真的是唯一能拯救部族的貓嗎？他以前就有預言出錯的紀錄。早在他退休搬到長老窩之前，族貓就已經不再相信他那些神祕兮兮的警語。他真的知曉戰士祖靈們對各部族的布局嗎？心跳加快的藍毛望著天空。**星族，請給我指示！**但是除了禿葉季密布的淡黃色雲層外，她什麼也沒看見。

狩獵隊擠身穿過金雀花隧道口，積在屏障上的厚雪被搖得沙沙滾落。白風暴、獅心、金花垂著尾巴走進營地。白風暴雙顎間緊緊叼著一隻瘦巴巴的麻雀。

「就這麼一隻？」陽星查問，一個大步跑過去檢查獵物。

「我們已經走遍了每個地方。」獅心稟報：「整個森林就是空蕩蕩的。」

「你們有試著把土挖開嗎？」陽星追問。

「獵物把自己藏得太隱密了。」金花嘆氣。

陽星的目光掃過全營地，看到的盡是瘦得皮包骨的族貓。「貓后必須先進食。」他下令。

白風暴將麻雀帶到育兒室入口，把牠放在白眼腳跟前。這隻半瞎的貓后瞥了藍毛一眼，說：「先給妳吃一口。」

藍毛慢慢地咬了一口麻雀。她已經餓了好幾天。她可以從孩子吸奶時，小小的腳掌在她肚間拍動的模樣看出，她沒有足夠的奶水讓他們吸吮。她邊皺鼻子，吃著那如樹皮般乾扁又發酸的獵物。

羽鬚努力避開一團團雪堆，從殘樹走出來，樹枝上的雪打在他的皮毛上，「就這麼一丁點食物？」他喊道。他失望地看著已經被咬得只剩半隻的麻雀，「長老們已經餓壞了。」他嘆了一口氣。

「這個可以給他們吃。」白眼說。

羽鬚搖搖頭。

「褐斑怎麼辦？」藍毛說：「他需要補補身體。」雷族副族長甚至連到外面上廁所的力氣都沒有。

她叼起麻雀，準備拿去給他，但羽鬚一腳制止她，「他不會吃的。」他嘀咕道：「他已經好幾天無法進食了。」

藍毛赫然僵住，「他快不行了嗎？」

羽鬚從容地看著她的眼睛，「他的病情毫無起色。」

藍毛緊盯著薊爪，幾乎沒聽完羽鬚的話。那暗灰色的戰士眼睛隱約閃爍著微光，正豎起耳朵，看著羽鬚。

藍毛眨眨眼。薊爪全身如釘刺般的毛正閃耀著光芒。他的身體是濕的嗎？暗稠的液體不斷從他的皮毛流下來。

血！

血浸濕薊爪的身體，從他的毛滲出來，沿著頰鬚滴落而下，把周圍的雪染成一片鮮紅。

一時驚恐的藍毛往後退縮。

「怎麼了？」羽鬚喵了一聲，「藍毛？」

巫醫的尾巴輕觸藍毛的肩膀，這時她才回過神來，眨眨眼睛，血也瞬間消失。薊爪又恢復了原本濃密的暗灰皮毛，正怒眼瞪著她。

她和鵝羽對看。鵝羽點點頭，示意他也看見了。這將會是讓薊爪領導雷族的下場。

藍毛搖搖頭，看著孩子們。**我怎麼捨得丟下你們？**

「我好餓！」小霧邊抱怨，邊揚著尾巴跑過來。

「我們進去吧。」藍毛哽咽地說。**我別無選擇，我必須拯救雷族。**

⚡⚡⚡

四喬木上空掛著一輪圓月。雖然雲氣已經消散，但森林仍覆蓋著層層的雪。大集會開始。

藍毛無視團團簇擁在她周圍的貓兒們，開始掃視空地四方。她看到了曾和橡心一起在樹根下築窩的地方；他們曾經攀爬，一起仰望天空的枝幹。她多希望自己現在就能高高待在樹上，靠近星空，離開部族的紛擾，遠離糾結內心的痛楚。

別再想了！現在已經沒有時間讓她沉浸在悲傷或回憶裡。她在身邊湧動的皮毛間找尋著。

橡心，你在哪裡？一定要出現。

熙熙攘攘的窪地四處充滿了大家談笑喧嘩的聲音。

雖然藍毛仍處於哺乳期，但陽星已准許她來參加集會。她心想，或許是她眼裡所透露出的訊息說服了他。她想著她的孩子，現在正安全地依偎在白眼暖呼呼的懷裡。

橡心！

她一眼瞥見在群貓間晃動的黃棕色皮毛。她擠身穿過一群影族戰士，朝他走去，目不轉睛地盯著他的身影，就怕一轉眼，沒了他的蹤跡。

「橡心。」當走到差不多聽得到的距離時，她低聲叫住他。

他一回頭發現是她時，頓時眼睛一亮。

「我們必須談一談。」

他點點頭後，即刻移動腳步，揮動尾巴示意藍毛跟上來。藍毛跟著他穿過擁擠的貓群，悄悄地跑到一棵大橡樹後面。

「孩子的事我聽說了，」他低語喃喃，「他們好嗎？長得什麼模樣？」他的眼神流露出驕傲的喜悅，一時間讓藍毛忘了來找他的目的。若他能親眼看到孩子，像睡鼠一樣捲著身體在育兒室睡覺的模樣，那該有多好。

「他們長得很漂亮。」她輕輕地說：「我把他們取名為小石、小霧、還有小苔。」

橡心嘆了一口氣，坐下來。「真希望我能看到他們。」

「你可以。」藍毛全身僵硬，「我不能把他們留在身邊。」

「什麼？」橡心不敢置信地看著她。

「雷族更需要我。」

「我……我不明白。」他目瞪口呆。

他一定認為我很無情。藍毛閉起眼睛片刻，找尋體內燃燒的火，接著睜開眼看著那曾是自己伴侶的貓。「我們的孩子是幸運的。」她喵聲說：「他們有我們兩方的保護，但雷族卻只有我。」

「妳要我做什麼？」他發出低吼。

「你必須把他們接走。明晚我會把他們帶到陽光岩。」

橡心瞇起眼睛，「如果由我來帶他們，他們將會被教育成河族戰士。」他提醒道：「為了他們好，他們將永遠不會知道妳是他們的母親。」

「我懂。」藍毛小聲地說。她的孩子會這麼容易就把她給忘了嗎？她怎麼忍心讓他們在沒有母親的情況下成長？她已別無選擇。若不這樣做的話，等到薊爪接掌大位，他們和族貓們將難逃躺臥血泊的命運。她眨眨眼，轉身走開。她必須相信星族，相信橡心。

他一隻腳按在藍毛的皮毛上。

「藍毛？」

「什麼事？」她轉身對著他，眼神裡發出熱切的火光，逼迫自己要堅強。

「這一點都不像妳。」他低聲說：「我知道妳很愛孩子，妳是個好母親。」

她哽咽地說：「我也是情非得已。我必須像火一樣強大，雷族需要我去拯救。」悲傷模糊她的視線，橡心的身影在她眼前晃動，「這是最好的辦法了。」她喃喃道：「即使他們不記得我，只要他們知道曾經被愛過，這樣就夠了。」

橡心的鼻頭輕輕觸碰她的臉頰。「他們會知道的，」他承諾，「還有……謝謝妳。」他溫暖的鼻息讓回憶一股腦兒全又湧了上來，藍毛再也承受不住這樣的傷痛，咬著牙毅然離開。她走回貓群，內心清楚每走一步，就離她的孩子更遠一些。

拜託祢，星族。但願這真是祢期望我走的道路。

第四十一章

「起來囉。」藍毛把聲音壓得很低，不希望吵醒白眼、小鼠、小追任何一隻貓。「來，小苔，睜開眼睛。」她輕輕地把孩子一個個搖醒，看著他們伸長、抖動身體，睜開惺忪的睡眼。

小石打了一個哈欠，「天亮了嗎？」

「還沒。」藍毛小聲地說：「所以我們得安靜，不要吵醒其他貓。」

「什麼事啦？」小霧尖聲說。

「小聲點。」藍毛慌張地望向白眼的床。小追在睡夢中翻動，藍毛用尾巴圍住自己的孩子，要他們靜下來，等到小追趴平不動，她才小聲地說：「我們來玩個遊戲，不過你們要非常、非常安靜才行。」

小石頓時睡意全消，在黑暗中眨著眼睛，「玩什麼遊戲？」

「這個遊戲叫祕密潛逃。」藍毛把眼睛睜大，擠出一臉亢奮的樣子。她感覺自己像是在做夢，每件所說的、或所做的事都只停留在夢境中。

小霧跳起來，「我們該怎麼玩呢？」

「這是個冒險遊戲。」藍毛解釋，「假裝影族要入侵營地，我們必須偷偷逃出去，和族貓們在陽光岩會合。」

小苔把眼睛睜得又大又圓，一臉擔憂地看著她，「我們要離開營地哦？」

小石輕推她，「不然怎麼去陽光岩，鼠腦袋？」

「可是我們以前從來沒有離開過營地半步呀，」小苔有些焦慮，「我們太小了。」

「我肚子餓。」小霧抱怨。

藍毛抑制內心的不安與煎熬，「好。」她輕柔地喵聲說道：「我們先吃東西，然後再開始玩遊戲。小苔，妳已經是一隻強壯的小貓了。我保證不會有事的。」她餵他們喝她身上僅剩的奶水，在餓了這麼多天後，所分泌的乳汁量甚至比平常還少。喝完後，她用鼻子把他們頂出床鋪。

小石蹦蹦跳跳地走到入口，「真不敢相信我們就要出營地了！」他興奮地喵叫了一聲。

「小聲點。」藍毛提醒他：「如果有任何一隻貓被吵醒的話，我們就輸了。」

她先鑽出去，再回頭把孩子叼到外面的雪地。傍晚下了一場雪，不過現在雲已散去，月光下的營地一片白茫茫。她掃視四方，一片死寂。

她在育兒室後邊催促孩子，在嚴寒中，口中隨著呼吸冒出縷縷白煙。「我們要從廁所那邊出去。」她悄悄說著，再次看看四周，確定沒有人在。「如果我們要溜出營地，就必須從那邊走。」

藍毛一路催促他們穿過狹窄的隧道，接著從遮蔽廁所的矮木叢出去。

小霧皺著鼻子說：「好臭！」

小石仰頭望著光禿禿的樹枝，「哇！外面的世界好大！」

「是啊，小傢伙。」藍毛要他趕快往前走。她回憶起自己第一次走出營地，在即將當上見習生之際，陽星——當時的陽落——帶她上到山頂。上山下山這種稀鬆平常的事，對於當時的她來說，可是前所未有的冒險旅程。

山谷在他們上方巍巍聳立。小貓們仰著頭，往上一望，瞪大的眼珠中映著月色。

「我帶你們上去，」藍毛告訴他們：「好讓你們見識見識真正的森林長怎樣。」

小霧眨眨眼睛，「還有更大的嗎？」

藍毛豎起耳朵，聆聽暴尾的動靜。她知道今晚是他值班看守營地。

小石也把耳朵豎了起來，「影族戰士已經在追捕我們嗎？」他拉高聲調說：「我是說，在遊戲裡面的影族。」

「有可能。」藍毛悄悄地說：「不管怎樣，我們一定要提高警戒。這樣遊戲才會好玩。」

小霧激動地看著四周，「樹叢裡好像有影族戰士埋伏。」她警告。

藍毛心猛然一跳，「哪裡？」

「只是假裝的啦。」小霧發出呼嚕聲。

藍毛嘆了一口氣後，把她叼起來，沿著高低起伏的岩石堆走去。她將這隻小灰貓留在上面，接著走回去帶小石。

到了叼起最後一隻孩子時，她已經氣喘吁吁。因為小霧身型最嬌小，所以藍毛把她留到最後才帶。雖然小苔沒有亂動，但體重還是比一顆石頭重。

「我的脖子好痛。」小石抱怨說：「我其實可以自己走一段。」

「沒時間了。」藍毛望著在天空緩緩上升的月亮。橡心已經在路上了。

小石往樹林望去，月光下的樹影映在雪地上。「我先到前面。」他蹦蹦跳跳地跑在同窩手足的前頭，回過頭來對她們說：「來啊，妳們兩個。」

藍毛用鼻子推她們往前移動。即便有樹枝的蔭蔽，樹底下還是積著厚雪，他們在一團又一團的雪堆中，費力地踩著每一步。她必須沿途邊叼起他們，所幸小石似乎自己還能應付得過去。

他回頭看了她一眼，「森林該不會永無止盡吧？」

小時候的藍毛也有同樣的感覺。她搖搖頭說道：「雷族的領土很大，才會把我們養得飽飽的，身體強壯啊。」

「現在可沒辦法囉。」小苔咕噥。

「綠葉季一來，妳就知道了。」藍毛心擰了一下。他們將成為河族戰士，沒機會親眼看到那景象。頓時她好希望讓他們知道，有關出生地和生為林中貓的一切。「這裡有松鼠，有小鳥，還有老鼠。一旦你們學會了狩獵技巧，就可以捕到好多東西。」

小石在雪地裡跋涉。「紅掌有教我狩獵蹲姿喔。」他喵聲說。

「好棒，小寶貝。」看著小石挺直尾巴，後腿蹲低，抬高肚子的模樣，藍毛感覺一股驕傲。他不愧是雷族戰士的後代。

「妳們也試試。」她鼓勵小苔和小霧，希望她們多少也能記住雷族是怎麼獵食。

兩隻小貓笨拙地擺著蹲伏姿勢。

「雪好冷。」小霧慌張抗拒。

我在做什麼？森林裡天寒凍地的，他們必須繼續往前走。藍毛抖落頰鬚上的雪花，「走吧，」她催促道：「打獵動作我們改天再練。」

當走到一半時，小貓們已經開始累了。小霧全身發抖，小苔則是露出疲倦的眼神。

「我們現在可以回家嗎？」她抽噎地說：「這裡好冷，我好累。」

「我們必須往前走。」藍毛堅持。她把在雪堆裡爬行的小石叼出來。

「我不要玩遊戲了！」小霧開始放聲哭號。

小石不吵不鬧，只是默默地跟在她旁邊涉雪而行。他全身打著哆嗦，冷得牙齒格格作響。

藍毛突然驚覺他們的身軀和皮毛在樹林下顯得多麼地渺小。此刻的他們應當是依偎在她的懷裡取暖，而不是在這種戰士都不會外出的惡劣天氣下，在林中長途跋涉。

「就快到了。」她激勵他們。

小石坐下來，看著她說：「我的腳已經沒有知覺了。」他告訴她：「我走不動了。」

小苔和小霧抱在一起，露出一臉鼻子被凍壞的樣子。

她一定要把他們帶到陽光岩！雷族的命運全靠她了。

一隻貓頭鷹倏地飛過，害藍毛驚了一下。她把孩子團團攏靠在一起，掃視著樹上的動靜。若是貓頭鷹一餓起來，孩子們肯定淪為牠們眼中的美味佳餚。

「我有一個好辦法。」她告訴他們。她在附近找了個蕨葉叢，用凍僵的腳在下方的雪堆裡扒了個洞。「你們趕快進去吧。」她哄著他們。小貓們跌跌撞撞進了洞裡，顫抖著小小的身體，彼此緊緊縮成一團。至少這裡可以擋掉寒風。

「我馬上就回來。」藍毛快速奔到一個樹身距離的地方，挖了另外一個洞後，又跑回她的孩子身邊。

「妳去哪裡了啦？」小霧嚎啕大哭。

小苔害怕地睜大眼睛。「我們還以為妳不回來了！」

藍毛心頭一揪，「噢，我的小寶貝們。」她喃喃說著：「我永遠會回來啊。」話語凍在她的喉嚨。她怎麼能做出這樣的承諾？**原諒我，星族！**

她忍著悲傷，一趟叼一個孩子到下個雪洞去，完後再接續前進挖下一個洞。

他們就這樣從一個雪洞被帶到另一個雪洞，慢慢地接近陽光岩。每過一個雪洞，孩子們的抱怨聲、掙扎聲就愈來愈無力。等到藍毛把他們安頓在最後一個雪洞時，他們已累得像片捲曲的樹葉在她嘴下晃動。

「我們現在可以回家了嗎？」小石嗚咽道。

「我們要先去看一隻貓喔。」藍毛裝出興高采烈的樣子。

「看誰？」小霧冷淡地問，對這件事顯然沒有多大興趣。

藍毛隔著樹木，瞄了前方的陽光岩一眼，並沒有看到橡心的身影。「我們先在這裡休息一下。」她提議。她擠進雪洞，把孩子們擁在懷裡。

他們的身體比雪還冰冷，皮毛壓在寒霜上，發出嗤嗤聲。

「我們可以回家了嗎？」小苔小聲啼哭了出來。

「妳可以在這裡睡一下。」藍毛告訴她。

小苔閉起眼睛，小霧把身子靠得更近。

「大冒險結束了。」小石邊打哈欠，邊把鼻子藏進腳掌下。「我們贏了嗎？」

藍毛彎下身體，用鼻頭在他額頭上輕輕磨了一下。「噢，小傢伙，你們贏了。」

她用尾巴把他們緊緊圈在懷裡。他們已經累得沒有力氣吸奶，她心想自己應該也沒有奶水可以餵他們。

我永遠愛你們，我的小寶貝們。謝謝你們這個月的陪伴。

她的舌頭開始舔舐他們的皮毛，希望能溫暖他們疲憊冰冷的身體。

小石翻動身體，「不要弄啦，我要睡覺。」

小霧嘴裡呼出小小的煙波，累得沒有力氣抱怨。

「小苔？」

這灰白相間的小貓沒有任何動作。藍毛再舔一次她的毛。「小苔！」她開始驚慌失措，看著這一團小小毛球，不停地找尋她腹側是否有起伏的跡象，甚至是一縷冰凍的呼吸也好。

小貓仍然一動也不動。

藍毛更拚命地舔她，「小苔，醒醒啊，拜託。河的另一邊很溫暖，也很安全。我保證，父親會照顧妳的。就快到了，我勇敢的小女兒。」

藍毛停止舔舐，低頭看著那濕雪下的小小身軀。**醒醒啊！**

藍毛。雪毛的鼻息騷動她的頰鬚。藍毛聞到妹妹的氣味在雪洞周圍飄蕩。**讓她走吧，我會好好照顧她。**

「不！不要帶走她，拜託。」

妳無力改變她已經走了的事實。

藍毛把小苔放在腳掌間。小霧和小石在她肚皮邊翻動，但沒有醒來。**她不應該死！她的時限到了。**雪毛的喵聲在她耳邊迴盪。**我會在星族好好照顧她。**

雪毛的氣味瞬間消失，禿葉季冷冽的空氣再度瀰漫在雪洞裡。小苔仍舊靜靜地趴著。

「藍毛？」橡心的鼻頭出現在洞口，灌進溫暖的魚腥味。

小石立刻醒來，抽動尾巴。「這是什麼臭味？噁心死了！」

「小寶貝，不能沒禮貌。」藍毛強迫自己打起精神，至少她還可以救兩個孩子。「你先回到岩石那邊去，」她告訴橡心：「我會把他們帶到那裡。」

「但我可以幫忙帶一個呀。」橡心提到。

藍毛瞪著他，「我還沒告訴他們你是誰。你先退回去！」

橡心沮喪地走開的同時，藍毛叫醒小霧，「我們要走了。」

「可是我們的身體才剛暖和一點而已。」

「你很快就會暖和起來了。」藍毛安撫她。

「我們要去哪裡？」小石質問。

「我要帶你們去見父親。」

小石一臉疑惑，「妳是說鶇皮嗎？我聽小追說，白眼說他是我們的爸爸。」

「你們的親生爸爸是河族的橡心。」

「河族？」小石不敢置信地重複她的話。

「趕快。」藍毛邊命令，邊把他們推出雪洞。

小霧看了一眼雪洞說：「小苔怎麼辦？」

「我等一下再來帶她。」

「但是妳說我們是雷族。」小石大哭，「我們怎麼也是河族？」

藍毛沒有回答。她讓孩子跟在她肚皮下搖搖晃晃地走著，為他們遮擋開始紛落的雪花。她回頭望了一眼，彷彿小苔正在他們後面一路哭喊掙扎，想跟上他們的步伐。看到白雪開始填滿洞口，她一時感覺驚恐。**不！我就要失去她了！**她急切地張望四周，想找個安全的地方把小石和小霧安頓下來，然後回去救小苔。在河岸的遠處，她看到了兩個從容離去的身影。會是橡心帶了另外一隻貓來嗎？不－那兩隻貓在雪地中行走自如，而且沒有留下腳印。一隻是成年貓，她那一襲白毛在漫天的雪中幾乎無法辨識。另一隻則是灰色斑點貓，高度只到身邊成貓的肚子。一路上小貓仰頭，全神貫注地看著雪毛，她似乎在跟她說什麼有趣的事情。

再見，小苔。雪毛會好好照顧妳。

「好痛！」藍毛下方的小石跌了一跤，撞到了鼻子。「這裡的地好硬！」他哭叫道。

他們已經來到了陽光岩旁邊，把石礫踩得發出嘎嘎聲響。

「他們還好吧？」橡心輕聲地問。

藍毛沒抬頭看他，只是點了點頭。他的氣味圍繞著她，溫暖且令人心安。剎那間，藍毛好渴望跟他一起走，一輩子都留在橡心身邊，永遠不要離開他或孩子。

但是她不能。

她必須拯救部族。

小貓們歪著頭，向上盯著這隻陌生的貓瞧。

「這是小石。」藍毛顫抖著身體，用鼻子輕輕觸碰這淡灰色的小貓。「這是小霧。」她語帶哽咽，開始往後退步時，眼神卻也變得迷濛。**我沒有辦法跟他們說再見！**「他們就拜託你了。」

「另一個孩子呢？」橡心大聲問。

「死了。」藍毛結巴地說著，目光一刻也沒有離開孩子們。

「藍毛，回來！」

「妳要去哪裡？」

「妳會回來接我們嗎？」

她再也承受不住他們那絕望的呼喊，於是心一橫，轉身，狂奔進了樹林。

她在蕨葉叢邊停了下來。此刻的雪洞已經消失不見，但藍毛顧不得凍傷的腳，還是不停地往下挖，一定要找到那小小身體。她小心翼翼地把小苔叼起來，然後繼續挖下去。即使小苔身上已沒有育兒室的味道，藍毛絕不允許自己的女兒在雪融化後被狐狸給叼走。即使她的爪子因而斷裂，腳掌磨到破皮，她還是繼續挖開冰凍的地面，直到洞夠深，可以保護她的孩子為止。她把小苔放進洞裡，接著蓋上泥土。

她帶著陣陣的哀傷，步履蹣跚地走回營地。她還有一件事得做，**再向族貓撒一個謊**。她竄進廁所的隧道，偷偷地在育兒室後面挖了一個狐狸大的洞。

接著她鑽進巢穴入口，上前察看白眼、小鼠、小追是否還在睡覺，然後爬進自己的床，刻意驚聲大喊，叫醒整個部族。

「我的孩子！我的孩子不見了！」

第四十二章

蛇牙輕聲地說：「藍毛，妳今天要跟我們一起去狩獵嗎？」

藍毛凝視著他，努力打起精神。

自從她把孩子交給橡心後，已經又過了一個月的時間。育兒室的四周增添了更多的刺木叢，部族更在每個寒冷的夜晚派駐兩名戰士看守，確保狐狸或獾不會再偷偷潛進育兒室。部族對藍毛的說詞深信不疑。她聲稱自己一覺醒來，便發現孩子不見了。每隻貓都相信那肯定是一隻餓壞肚子的動物，貿然闖進營地，在育兒室後面扒出一個洞，把藍毛的孩子們給偷走了。

他們在森林裡尋了好幾天，但不知道該從何找起，沿途留下的氣味早已消散在冰雪中。藍毛和族貓們在林中搜索，她的愧疚感也已經麻木，不斷提醒自己這麼做全是為了部族。除了飽受飢餓之苦外，全族更是瀰漫一股哀傷的氣氛。族貓們三五成群聚在一起，低聲交談，不時對藍毛投以同情的眼神。藍毛的心有如針在扎，她已經厭倦了說謊。這一陣子她幾乎沒有注意到獵物堆空蕩的程度。她難受到食不下嚥，成天趴在床上，感覺扎進心裡的碎冰永遠都不會有融掉的一天。

他們在橡心那裡會很安全。

這個念頭並不足以減輕她的痛苦。已成為星族的小苔是不是正在上面看著，埋怨藍毛奪走了她的生命？不知雪毛有沒有跟她解釋她的犧牲是為了成就部族？

「藍毛。」蛇牙把尾巴擱在她肩膀上，並且又問了一次：「妳想去狩獵嗎？」

「若妳想去打獵，我可以陪妳去。」鶇皮跑到她身邊。他的眼神透露著悲傷，哀慟的程度不亞於一位親生父親。他比其他貓都還要奮力補強育兒室，一身蓬亂的毛皮，顯然是剛從刺木叢鑽出來。藍毛好希望能告訴他兩個孩子還活著，他們在河的另一端備受呵護，也很安全。

她聳肩甩開蛇牙的尾巴，「我想單獨狩獵。」

蛇牙點點頭，「若妳想單獨去的話，我沒意見。」

鶇皮黯然轉身離開。

「藍毛！」玫瑰尾看藍毛往隧道走去，匆忙趕到她身邊，貼近她的身體，說：「妳應該還好吧？」

不！我不好。藍毛好渴望將身體捲成一團，依偎在她朋友溫暖的毛旁邊，沉沉睡去一個月。「我很好。」她回答，心裡感覺一陣空虛。

她攀上山谷，朝森林走去。貓頭鷹樹進入她的眼簾，一隻松鼠在她面前飛奔而過。她停住，腳僵在結凍的地面上，寒冰熱辣辣地從腳底竄上來。松鼠嘴裡叼著堅果，忙著在橡樹根部之間找東西吃。藍毛蹲低身體，豎直尾巴，肚子懸空擺出獵食的動作。

小石。你還記得雷族的狩獵蹲伏嗎？

她甩開思緒，後腿一蹬，向前一個飛撲，不偏不倚地擒住松鼠，給牠致命的一咬。

「獵得好。」

鵝羽粗嘎的喵聲讓她猛然回頭。松鼠在她雙顎間晃動。

她放下松鼠，說道：「你在這裡做什麼？」很少有長老有這樣的力氣爬上山。

「妳沒看我還有腳啊。」他不耐煩地說。

她一時還真不習慣有族貓用非同情的口氣跟她說話。她挺直身體，和他對看了一眼。「你想幹嘛？」他該不會還有新的預言，等著攪亂她的生活吧？

「這次妳做得很對。」

他的話把她給惹毛，「為誰？」

「為部族。」鵝羽將眼睛瞇成一直線，「小貓們本來就不屬於預言的一部分，妳必須獨自帶領族貓燃過森林。」

她低吼道：「這對我又有什麼好處？」她討厭預言，討厭鵝羽告訴她這一切。

鵝羽眨眨眼說：「不管妳高興與否，妳命中注定要拯救雷族。」

「我會救。」她喵聲堅定地咆哮道：「但我會一輩子對自己所做的事感到愧疚。」

「生小孩是妳自找的。」鵝羽說：「星族沒有為妳鋪這條路。」

「星族讓我犧牲掉了所愛的一切。」她不禁悲從中來，「我的孩子……」

鵝羽打斷她說話：「他們還活著，不是嗎？」

「不過小苔死了。」

「星族會以她的犧牲為榮。」

「那我的犧牲又怎麼算？」

「和部族的命運相比，這點犧牲算是輕如鴻毛。」

藍毛搖著頭，想釐清思緒。她是否真的很自私？一隻貓的心碎怎能跟部族的安危相提並論？她的忠誠跑到哪裡去了？她鞠了一躬，承諾道：「我會報效部族。」

「很好。」鵝羽點點頭說：「陽星有事找妳。」

他緩步走進林中。

藍毛迎面看到正攀上山頂的雷族族長。

「藍毛。」陽星和她打招呼，「我有件事想找妳談談，不過最好在營地外面說。」他往森林走去，「跟我來。」

藍毛跟在這位前導師旁邊走著，想起當時月花和雪毛死時，他是怎麼要她止住悲傷。「你該不會又要說大道理，勸我把過去放下吧？」她咆哮。

他搖搖頭。「妳似乎注定要受苦。」他嘆口氣。藍毛看著他的眼睛，忽然驚覺雷族族長在這幾個季節以來蒼老了許多。為了強大雷族，在其他部族間建立威信，因而在戰鬥中喪失了三條命；生病也讓他丟了兩條命。鵝羽要她往族長之路邁進，但是這種擔著重責大任，無時無刻不戒慎恐懼的日子，真的是她想要的人生嗎？

我別無選擇，星族已經為我安排好了道路。

雷族族長彎下身，走到一叢低垂的蕨葉底下。「我還是老話一句，生命一樣得繼續。」他們穿過一處已經褪去褐色外苞，吐出點點小綠芽的矮木叢。「禿葉季去，新葉季來，新葉季去，綠葉季來。森林不會永遠冰天凍地。在失去孩子後，希望妳把這點謹記在心。我知道妳會沒事的——甚至會比以前更堅強。」

要是他知道兩個孩子還活著，而且在河族那裡，不知道他還會不會這麼同情她？她不覺地豎起背脊上的毛。

「會冷嗎？」陽星問。

「有一點。」

他們往更前方的樹林走去。陽星似乎有什麼話要說，藍毛等著他先開口。他們跳過一彎即將融冰的小溪，鑽過蔓生的刺木叢，一股難聞的野兔氣味纏繞在荊棘上。

陽星走在前頭，帶著她穿過纏結的刺木叢，用尾巴將攀附在上面的藤蔓挑開。「妳有想要接下副族長嗎？」他問。

藍毛停下腳步，半個身體露在刺木叢外。這就是他要說的事，這一刻她已經等很久了。**這**

是我犧牲的代價。

「褐斑的病好不起來了。」陽星繼續說：「大家要他搬到長老窩，副族長也將有新的人選。」他認真地看著她的眼睛，「妳願意當副族長嗎？」

藍毛眨眼，「為什麼不是薊爪？」她必須知道為何陽星捨棄那隻凶猛的年輕戰士，反而選她。**他是不是已經知道預言的事？**

陽星望向樹林，「薊爪的確是熱門人選。」他承認，「他的勇氣、戰鬥技巧、對部族的向心力都是不容置疑的。但我不希望族貓們被帶到永無止盡的戰爭中，我們的邊界很穩固，不需要一次又一次用血來劃界。我相信妳能夠帶給雷族族貓平靜的生活，這才是他們應得的。」

藍毛遲疑了一會兒。孩子的畫面、橡心在月光下的身影、薊爪泛著血光的樣子通通盤旋在她腦海裡。

陽星又再問了一次：「妳準備好要接副族長了嗎，藍毛？」

藍毛點點頭，「準備好了。」

⚡⚡⚡

殘雪在夕陽下閃爍著，粉色的霞光映在斑駁的營地上。

陽星站在高聳岩底下，褐斑和藍毛分別站在他的兩側。雷族副手駝著肩膀，後大腿似乎因為疼痛而縮起來，肋骨緊貼在蓬亂的毛皮下。

陽星深深一鞠躬，「褐斑，感謝你對雷族的一片忠心和英勇付出。你一生為部族勞心勞力，希望你也能在長老窩度過安詳的晚年。你的事蹟和智慧將永留雷族，永遠會是我們的好榜樣。」

族貓們高聲嗥叫，不斷喊著褐斑的名字，褐斑彈彈尾巴回應——藍毛看到他露出痛苦的眼神。

「褐斑！褐斑！」玫瑰尾更是在眾貓間拉高音量，為她的前導師大肆歡呼。薊爪仰高鼻頭，跟著高吼褐斑的名字；藍毛心中惶然一顫，突然想到了薊爪沒當上副族長飲恨的心情。

「藍毛。」陽星用尾巴摸摸她的肩膀，「從今以後妳就是副族長。願星族賜給妳幫助雷族克服一切險阻的勇氣。期望有朝一日妳接下我的職位時，能帶領部族走向光明。」

「藍毛！藍毛！」

淡陽暖和了她的皮毛。她呼吸著森林的氣息——那是她的家，她的領土，現在保衛它的責任變得更為重大。

白風暴為她高呼，他的嗥聲中有說不出的驕傲。但薊爪的一聲長嗥壓過了他聲音，直達星族。藍毛換換腳邊的姿勢。這隻戰士的眼中射出怒光，她猜想他之所以發出巨大呼鳴全是為了取信族貓，讓他們誤以為他是擁護新副族長的。

他們可真得和她一樣看看他的真面目：他撕抓橡心喉嚨的樣子，教唆虎爪殘害無助的小貓，在邊界來回踱步，發了狂似的報復心態。這些記憶片段正增強了藍毛的勇氣。不管代價為何，她是唯一能對抗薊爪的貓，只有她知曉他的能耐。

好幾個月以來，這是頭一次有足夠的新鮮獵物可以大快朵頤。新葉季的到來讓老鼠出了洞，鳥兒也飛出禿葉季時的隱密窩巢。正當眾族貓分享食物的同時，陽星把藍毛召喚到他的窩裡。

「我知道自己做了正確的決定。」陽星嗖地穿過地衣，坐下來，他的側影映在幽暗的窩裡。「妳還有很多要學習的地方，我很期望再一次親身指導妳。」

藍毛鞠躬，「我已經做好了學習的準備。」

族長搖搖頭。「若想把部族帶領好，我們一定要通力合作才行。妳儘管把妳的憂慮說出來，千萬不要有什麼顧忌。我相信妳的判斷力，妳的任何意見我都會納入考慮。」

「那麼，我可以坦白跟你說，我對薊爪的顧慮囉？」藍毛很快看了他一眼，放膽說出心裡的話。

陽星點頭，「相信我，我也有同感。不過，我也相信像他這麼一個忠心的戰士，對部族是有幫助的，雷族裡有他這樣的貓是件值得驕傲的事。」雷族族長低頭看腳掌，「我們既然要坦然相對，有件事情我必須要告訴妳，這件事只有我跟鵝羽知道。」

藍毛瞇起眼睛。這麼一說，她並不是雷族裡唯一有祕密的貓。

「我只剩三條命，並非四條。」陽星坦承。

藍毛眨眨眼，「你是怎麼失去另外一條命的？」**而且為什麼要這麼保密？**

「我沒有失去，妳可以說我從沒有取得。松星離開時，他把族長的一條命也帶走了。星族把那一條命算進去，所以他們只給我八條命，因為松星身上留著第九條命。」

藍毛明白了，「所以你一直保守這個祕密，就怕族貓認為你沒有得到星族全然的祝福。」

她側著頭說：「但是你現在大可誠實說出來了吧？你已經一次又一次證明了自己是位好領導者。還有什麼貓會質疑？」

「有企圖心的貓就不一定了。」

他指的是薊爪。藍毛迎向他沉穩的眼神，「那我呢？我也有企圖心。」她說。

「妳的企圖心只是用在報效部族上。」陽星回答：「這也是我為什麼選妳的原因。雖然妳經歷了很多痛苦，失去了很多，但還是願意為部族犧牲一切，放下一己之私，把族貓們的需要放在第一位。」

要是他知道真相的話，會做何感想？

「現在部族是我的全部。」藍毛表態：「我會全心全意為雷族效命。」內心徒增一股糾結的遺憾。

我是火，這是我必然要走的道路。

第四十三章

「來！」羽鬚從慈母口暗處輕輕喊道。

礦物氣味的冷空氣從黑漆漆的洞口飄散而來。藍毛回想起幾個季節以前也和松星來過這裡。現在此行的目的是要獲得九條命。等她一回到部族，她就正式成為雷族族長——藍星。

當她想起陽星的死，還是很感傷。一隻沒綁狗繩在森林裡遊蕩的兩腳獸小狗，在巡邏隊趕到之前，已經把因為身體不適而沒力氣逃脫的陽星給咬死了。藍毛為他的死去感到非常憂傷，很遺憾沒能在他死之前和他說上話。不過她一方面也很替陽星慶幸，因為他不用像褐斑那樣在劇烈病痛的折磨中慢慢死去。褐斑到最後加入星族的幾天前，連羽鬚的草藥都沒有辦法減輕他的疼痛。

羽鬚帶著她往下朝月亮石洞穴口走去。

四周的黑暗壓迫著她，讓她還是感到很不舒服，感覺自己被淹沒在烏漆抹黑的混濁大水中，只能感覺它的味道，卻又摸不著。穴道的盡頭充滿了暗影，灑落在洞頂的微弱星光在黑暗中幾乎看不見。

「很快就月升了。」羽鬚保證。

藍毛踩著高低起伏的洞穴地面，在月亮石的下方趴下來。幽暗的岩石堅固地立在洞穴中央，周圍看不到一絲月光。不過當藍毛將鼻子擱在雙腳之間時，月亮開始滑過拱形洞頂，晶瑩剔透的光珠開始閃爍，像一顆顆被網住的小小太陽。

藍毛感覺一陣暈眩，一時退縮開來。

「用妳的鼻子去碰啊。」羽鬚催促她。

藍毛眼睛上翻，靠向前去碰月亮石。岩石不但冰冷，還散發著一股幽暗、極為古老的味道。洞穴在剎那間消失不見，藍毛感覺自己瞬間被沖進比暗夜還黑的暗境，在看不見的水中旋轉搖晃。她感覺一陣驚恐襲上來，開始揮動腳掌胡亂掙扎，直到瞬間感覺一片柔軟的草地攤在腳下。

藍毛眨開眼睛，看到巨岩就高高聳立在她前面，四棵大橡樹分別矗立在營地的四個角落。她正置身四喬木，放眼四方看不見其他貓兒的蹤跡。她仰頭望了一眼黑壓壓的天空，上頭點綴著星光。

為什麼沒有貓兒來接應我？難道她不是星族中意的雷族族長人選？或許祂們還沒諒解她把孩子送到河族一事。

接著，星星開始像葉片般繞著漩渦打轉，轉動的速度愈來愈快，最後模糊成一道銀色的光柱，往下，往下，往下，往下，愈來愈靠近森林，靠近四喬木，靠近她。

藍毛等待著，心都快要跳出來了。旋轉的星星光柱慢下速度，星族貓威嚴地從天而降。祂們的腳上閃耀著霜芒，眼睛映著微光，毛皮像冰一樣閃動，身上散發四季的味道：禿葉季冷冽的雪味摻雜著新葉季的綠色氣息、落葉季的麝香味和綠葉季花朵的甜味。

成千上萬的貓兒在窪地排排站，一聲不響地就定位。祂們除了身上發出光暈外，眼睛也都閃耀著光亮。藍毛蹲在中央，放膽抬起頭看著眼前的貓兒們。當發現一些熟面孔時，她的眼睛瞬間睜大。她認出了糊足和草鬚，還有在祂們旁邊、臉上洋溢著和老室友相聚喜悅的雀歌。鵝羽也在其中；祂在禿葉季初雪時過世，正如祂自己生前所預言的一樣。

還有松星！祂在用完第九條命後，星族原諒了祂的背叛，接納了祂。看到這隻紅棕色戰士坐在族貓之間，藍毛滿心激動喜悅，這才是真正屬於他的地方。在彼此眼神交會的片刻，他點點頭。

藍毛有好幾隻貓想見。她在排排坐立的眾貓間找尋一抹白色身影。**雪毛**！祂一襲毛髮耀眼炫目，並露出驕傲的神色，注視著藍毛。接著一縷溫暖、熟悉的氣味湧上藍毛的舌頭，月花坐在雪毛旁邊，把尾巴盤在腳邊，小苔則緊挨在祂身旁。

藍毛跳上前，想用鼻子磨蹭女兒，但月花使了個眼色，警告她不要靠近。藍毛多年來朝思暮想的心肝寶貝就近在咫尺，但卻無法觸及，這是何等不堪的處境。她在女兒明亮的藍色眼睛裡探尋，想找出一絲責備，但看到的盡是滿滿的愛。小苔在雪毛和月花身邊過得很好。她再也不需要和死前一樣受到禿葉季的寒風侵襲。

「歡迎妳來到這裡，藍毛。」前方傳來一聲藍毛曾經熟悉且敬愛的喵聲。她鞠了一躬，嘴裡感到口乾舌燥。

松星走向前，用鼻子觸碰藍毛的頭。她全身的毛瞬間像冰火在燒，不過她不能退怯。她的身體一動也不動，腳像堅石牢牢地站立。

「在這條命裡我將賜給妳同情心。」松星喃喃地說：「凡事用妳的心與理智判斷。」

突然一道猛烈的電光竄進藍毛的身體，她全身僵硬，忍著灼燒的疼痛。最後電光化成一股柔順的暖流，從鼻頭到尾梢灌滿全身。在暖流一股一股慢慢從身體消退的同時，她不覺地抖動，然後僵住身體，等待下一波暖流的退散。

松星轉身走開，另一隻貓接著跳出星族的行列。**是糊足。**祂用鼻子輕觸她的頭，「在這條命裡我將賜給妳毅力。儘管絕望，儘管心力交瘁，都不要忘記堅持下去。」

藍毛呼著氣，讓疼痛感漸漸消退。她覺得自己彷彿正衝出水面，帶著微微刺痛的毛皮，精力充沛到可以一口氣直奔回森林。**謝謝祢，糊足。**

現在換雀歌站在她身邊，用鼻子觸碰藍毛的頭。「在這條命中我將賜給妳幽默感。當絕望來臨時，用它來減輕部族壓力，提高族貓士氣。」

一股力量在她體內竄動，讓她一時之間頭暈目眩，豎起根根寒毛。「妳將會知道什麼時候該使用幽默感來化解。」雀歌告訴她，藍毛滿懷感激地眨著眼睛。

接著另一隻貓鑽出隊伍，朝她走來，那是一張她剛剛沒注意到的臉孔。

甜掌！

這隻見習生的眼睛像星星般閃耀。藍毛想要跟祂打招呼，但全身已經動彈不得，也沒辦法開口說話。她滿心喜悅地看著甜掌拉長身體，將鼻頭擱在她頭頂。「在這條命裡我將賜給妳希望。」祂莊嚴地宣布：「即使在最陰鬱的暗夜，它都會在那裡等著妳。」

一股力量在藍毛體內燃燒。她在森林裡疾速飛馳，一道強光照耀在她頭頂上。**這就是希望嗎？我永遠不會忘記它，我保證。**

甜掌緩步走開，接著輪到陽星走出來。「在這條命裡我將賜給妳勇氣，妳將會知道怎麼用它。」祂帶著充滿謝意的溫暖眼神和她對看，對她過往當副手的工作表現給予肯定。這也讓藍毛瞬間感覺很有成就感。

「在這條命中我將賜給妳耐心。」這次輪到了鵝羽。祂的眼神變得正常，神智清楚，且說話溫柔。「妳將會需要它。」當祂的鼻子拂過她的耳朵時，她感覺格外平靜。一切自有天意；妳唯一能做的就是順應自然。這就是為什麼鵝羽在她的成長過程中很少跟她提及預言的原因嗎？即便在她的孩子出生後，也很少干預。祂是不是當時就已經知道一切在冥冥之中早就注定好了？

哪一隻貓會給她第七條命？她掃視著星族隊伍，看到小苔慢慢走上前時，藍毛不由地發出呼嚕聲。小苔觸地的瞬間，小小腳掌發出閃亮的星光。祂必須撐起後腿才能碰觸到藍毛的頭。「在這條命裡我將賜給妳信任。相信妳的部族，也相信妳自己。永遠不要懷疑妳認為對的道路。」

「小苔。」藍毛勉強開口：「媽……媽媽很對不起妳。」

「我了解。」小苔簡短地喵了一聲。「但我好想妳。」

輪到月花上前。月花像生前一樣溫柔地觸碰她的頭，藍毛一時特別情緒激動。「在這條命中我將賜給妳愛。記住要愛民如子，因為他們現在全是妳的親屬。」

藍毛腦中湧上了各個族貓憂愁的面容，剎那間突然感覺自己的身體好像被月亮石壓在底下似的。一股窒息感罩得藍毛喘不過氣，直到最後她的心爆射出光芒，蔓延至全身，在她眼底燃起熊熊火光。她喘著氣，腳不停發抖。

藍毛知道雪毛將是賜給她最後一條命的貓。她的妹妹用溫柔炯亮的眼睛看著儀式的進行。現在則輪到祂走上前。

「為了我們的部族，妳做了很多的犧牲。」雪毛喵聲說：「族貓現在總算走上了較安全的道路。」藍毛可以感覺雪毛的呼吸騷動著她的毛。雪毛觸碰藍毛的頭，繼續說：「在這條命裡我將賜給妳榮譽感，讓妳知道自己的價值和部族的價值。」

一股劇熱竄過藍毛的皮，她低頭瞄了一下自己的身體，相信體內一定有火在燒，熱火嘶地一聲熄滅。不知道自己是否承擔得起星族對她如此大的期許？

「謝謝妳幫忙養育白風暴。」她的妹妹發出嗚嗚聲，「有妳陪在他身邊，讓我走得安心多了。善用這九條命，為部族效力。我們將永遠與妳同在。只要妳有需要我們的地方，我們隨時會出現。妳是很早就被選定的人選，星族從不曾後悔這樣的決定。」

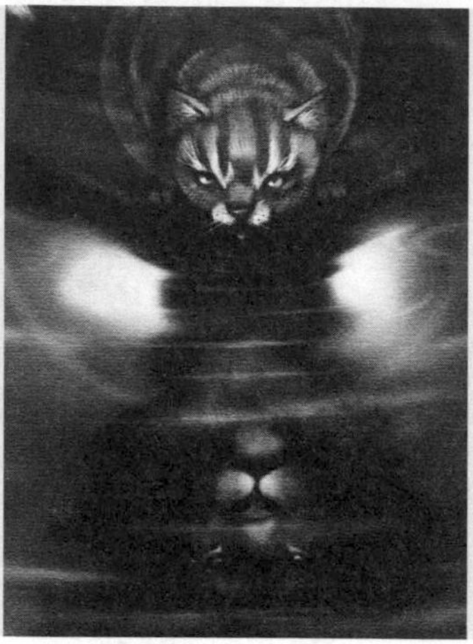

第四十四章

星族從不曾後悔這樣的決定。

雪毛的話縈繞在藍星的耳邊。自從藍星的任命儀式之後又過了好幾年。藍星已經領導雷族走過了無數個季節，其中當然有起有落。她坐在高聳岩上，讓新葉季的陽光灑落在她的皮毛。感覺身體底下的岩石還是一樣的冰冷，似乎連陽光也驅不走她毛皮下的寒意。雖然禿葉季已經漸漸遠離，但森林裡的獵物還是少得可憐。連毛髮濃密的白風暴都瘦得不成貓形，他在蕁麻叢旁伸起懶腰，獅心則坐在他旁邊，狼吞虎嚥地吃著一隻瘦巴巴的鼩鼱。

塵掌、沙掌、灰掌正忙著玩打鬥，在空地上互相追逐著尾巴，推打嬉鬧。

坐在藍星旁邊的雷族副手紅尾，邊朝那些見習生的方向彈彈尾巴，邊喵聲說道：「我跟妳打賭他們一定把那稱作訓練。」

第四個見習生，烏掌，正聚精會神地想扯下一片樹葉。他的一隻爪子小心謹慎地繞著葉柄移動。因為太過專心，並沒有注意到正從背後悄然而來的塵掌。

塵掌一個撲身，不偏不倚地壓住烏掌的尾巴。這黑色的小公貓被嚇得從地上彈了起來。

藍星搖搖頭。打從出生那天起，烏掌就是隻神經質的貓。他的母親花了將近半個月的時間才好說歹說地把他哄騙出育兒室。藍星派虎爪給烏掌當導師，無非是希望這隻年輕的貓能學學那勇猛戰士的膽量。

「妳還記得自己當年第一個月受訓的情況嗎？」紅尾問。

藍星點點頭。溫暖的回憶湧上心頭，讓她不由地感嘆起來。她和已經加入星族的雪毛和豹足也曾像這樣玩過。很多熟悉的面孔都相繼走了，部族飢荒的問題更是一次比一次嚴重。暴尾、捷風、鶇皮、罌曙走了，甚至薊爪也走了。

就在幾個月前，這隻刺毛戰士在驅逐河族入侵者的途中死亡。他連死時都還是一副張牙舞爪、逞凶鬥狠的模樣。族貓發現他倒臥在血泊中，正如藍星多年前目睹他血染雪地的景象一樣。

雖然部族失去了他之後，確實變得較衰弱，但藍星並不因此懷念他。不過她倒是很想念鶇皮。這位忠心的老朋友一直到死都還幫她保守著祕密。他總是像個慈父般，帶著難過的心情，談起那幾個死去孩子的點點滴滴。藍星對此還是感到很愧疚。在鶇皮死前，藍星還是沒能把兩個孩子還活著的實情告訴他。在星族裡的祂，現在應該知道了。祂終會明白為什麼她總是在大集會時找尋那兩隻河族貓的身影，為什麼用如此渴望的眼神看著他們，明白為什麼當他們的戰士名一宣布時，她會如此熱烈地歡呼。霧足和石毛已經是優秀的戰士了。橡心和灰池把他們教育得很好，藍星很為兩個孩子感到驕傲。

橡心知道嗎？

自從那天晚上她把孩子交給橡心後，他們再也沒有交談過。而且他們刻意在大集會時保持距離，就怕有些貓會把河族這兩個孤兒的面貌和藍星已失蹤的孩子做聯想。但是，她還是深愛著他和孩子們。她將四喬木那一夜的回憶珍藏在心裡。

「我已經死了四條命。」她喃喃說道。

紅尾瞇起眼睛，用餘光瞄了她一眼，「在懷念從前啊？」

藍星嘆了一口氣說：「我現在老了，也該享享清福了。」

「妳才不老咧。」紅尾不以為然地說。

藍星抽動頰鬚，「我也不年輕了。」她提醒他：「你看我鼻子上都長出白毛了。」

她感覺自己之所以會老得這麼快，全是薊爪所害。當聽到藍星拔擢紅尾為副手時，野心勃勃的薊爪豎起全身的毛，逼近她，對她不斷怒吼。為了提防他，丟掉另外三條命的事她不得不守口如瓶。

只要一想到這個祕密，她總是會不由地有股罪惡感。她其實已經丟了七條命，只剩下兩條命在身上。她必須跟紅尾說實話。雖然紅尾不曾質疑她，不過她猜想他或許知情。但是現在她已經學乖了，有些事最好還是藏在心裡不說比較好。

藍星嘆氣。

紅尾瞥了她一眼，「妳在煩惱什麼？」

「我只是在想，」藍星喃喃說道：「近來小貓出生的數量少得可憐。再這樣下去的話，還剩多少貓能保衛部族，餵飽族貓，讓他們安然度過禿葉季？長老窩也一季比一季更滿。」半尾、小耳、斑皮、獨眼和花尾都已經搬到了長老窩。

斑葉從營地遠方的蕨葉隧道現身。自從羽鬚因綠咳症病死後，她就成了部族裡唯一的巫醫貓了。這綠咳症也奪走藍星其中的一條命。斑葉的醫術被羽鬚訓練得精湛，她也非常關心族貓們的健康狀況。白眼在一隻眼睛全瞎後搬到了長老窩，並將名字改為獨眼。這些日子以來她的聽力變得和視力一樣糟糕。不過多虧有斑葉在照顧她。

獨眼並不是部族裡唯一改名的戰士。雀皮在尾巴末端被獾咬掉後，也把名字改成半尾。因為剩下半截尾巴的緣故，他從此身體無法平衡，也沒辦法爬樹了，於是搬到長老窩去住。

玳瑁巫醫貓忙得一臉疲憊。早晨的陽光照在遍布血跡的營地上，地上坐滿了士氣低迷的戰士。他們前日鋌而走險想一舉奪回陽光岩，但卻被打得落花流水。戰士們已經流了這麼多血，藍星不想再為那些充滿爭議的岩石掀起戰爭。**況且這究竟所為為何？為了擴充幾個樹身距離的地盤，好多捕幾隻獵物嗎？**不過若是讓河族越過河來，在森林捕獵，風族和影族可是會把雷族看扁。

所以紅尾和虎爪必須帶領著一批批的巡邏隊出征。虎爪似乎一次比一次更凶殘，好戰的程度甚至超過了他的導師薊爪。但他們還是打了敗仗，滿身是血地被逐回森林，帶著屈辱回到老貓眾多、見習生稀少的營地。

雷族又該會走上什麼樣的命運？

第四十五章

藍星獨自坐在空地，仰望銀毛星群。她的四周充滿了受傷戰士們的哀號聲。

她感到不寒而慄。從松星的領導時代到現在，此刻的部族正面臨著空前的衰弱危機。這算哪門子的熊熊火焰燃過森林？

斑葉從蕨葉隧道緩步走來，在藍星身邊停下腳步。

藍星看著她說：「鼠毛的傷勢如何？」

「她的傷口很深。」斑葉一屁股坐在夜晚涼爽的地面上。「還好她年輕體力好，很快就會復原了。」

「其他貓呢？」

「他們都能存活下來。」

藍星嘆氣說：「這次我們沒有損失任何一隻貓，算是不幸中的大幸了。」她再次仰頭，研究天上的星宿，「這次的戰敗讓我很擔心，斑葉。這是我當族長以來，第一次在自己的領土吃敗仗。」她喃喃說道：「現在我們雷族處境艱難，新葉季遲遲不來，新生的小貓也不多。雷族若要存活，就得有更多的戰士才行。」

「等新葉季一到，就會有更多的小貓出生了。」斑葉平靜地說。

藍星換了換坐姿，「妳這麼說是沒錯，但要把小貓訓練成戰士，也需要時間。如果雷族要保衛自己的領土，就必須有新戰士的加入才行。」

「妳是不是想要請示星族？」斑葉喵了一聲，順著藍星的目光，抬頭望向在夜空中閃爍的星群。

「祂們有給妳什麼指示嗎，斑葉？」

「已經好久沒有了。」

突然間，一顆流星劃過樹梢。斑葉的尾巴急急抽動，背上的毛瞬間倒豎，仍舊目不轉睛地看著天空。藍星豎起耳朵，沒有吭聲。過了一會兒後，斑葉才低頭，將目光轉向藍星，「星族有一則訊息。」她喃喃道，眼神朦朧。**「只有火可以拯救雷族。」**

藍星蓬起尾巴的毛，說：「火？」雷族族長澄澈的藍色目光緊盯著巫醫貓，「妳的預言一向很準，斑葉。」她喵聲說：「妳說的準沒錯，火會拯救部族。」

但是，該怎麼救？

「鵝羽曾說過我會變成火焰。」藍星坦承，吞吞吐吐地說出那老巫醫多年前的預言。

「我知道。」斑葉用敏銳的眼神看著族長。

「祂的預言準確嗎？」藍星將身體湊向前，等不及想知道。難道這些年來她所追逐的只是夢一場？她的孩子難道是白白犧牲了？

「妳為部族阻擋了薊爪當族長的野心，避免我們走上橫屍血泊的命運。部族在妳多年的領導下，安全無虞，持續強盛。」

藍星搖搖頭，「不過現在我卻帶領大家吞下戰敗，這一點也不像是燃過森林的火焰。」

「我們還會經歷數次陽光岩的爭奪戰。」斑葉聳聳肩。

「既然我都已經跟著命運走了，為什麼星族還是在提火的預言？」

「或許妳還沒完成吧。」斑葉喵聲說。

「我現在還能怎麼做？」

一個月後，部族已經開始從戰敗的陰霾中走了出來。起碼新葉季已經漸漸驅走禿葉季的寒冷。森林裡開始充滿生命的氣息，樹木一片綠意盎然，矮木叢也重新爬滿林地。

藍星和白風暴並肩漫步在兩腳獸邊界。「你還記得雪毛多少？」她問。她常在想不知她的孩子是否還記得她。就算他們記得，也從未在大集會時表現出來。

「我記得她的味道，和躺在她身邊那種暖暖的感覺。」白風暴回答：「因為有妳在身邊，我對她的記憶才能始終保持鮮明。妳們有著相同的味道，即使到現在，我還是能從妳抽動頰鬚，或彈尾巴的動作看到我母親的影子。」

藍星感動地發出愉悅的呼嚕聲。「你還記得當時虎爪老是帶你惹麻煩，然後把闖禍的責任推給你嗎？」

白風暴彈彈尾巴，「記得啊，不過跟他在一起還是蠻好玩的。」

「小斑條和小霜想盡辦法捉弄你。有一次小斑條還想騙你說有隻狐狸困在廁所呢！」

白風暴看了她一眼，「妳怎麼啦？為什麼一直提往事？」他問。

藍星直視前方，「你覺得我都做了正確的選擇嗎？」

「這只有星族才知道。」白風暴回答：「我們只能做當時我們認為對的事。」

「要是這樣還不夠呢？」

白風暴停下腳步，站在她面前，擔憂地看著她說：「妳為什麼要這樣質疑自己？」他坐了下來，將尾巴盤在腳掌上。「我知道我們失去了陽光岩，但只要部族一壯大，我們就能把它們再取回來。妳是位有魄力且公正的好族長。族貓都很敬重妳。」

「部族這次之所以衰敗，全是我的責任。」

「那是因為上個禿葉季特別冷。」一隻黑鳥振翅飛到他們頭頂的樹枝上，開始啼唱。「但新葉季已經來了呀。」

藍星吸進林中清新的氣息，空氣中摻雜著獵物的氣味。「真希望雷族永遠過著和平，到處都是獵物的生活。」

白風暴抽了抽頰鬚，「要是真如妳所願，一年四季都四處有獵物的話，雷族在禿葉季也能像獅子一樣大快朵頤。」他站起身，繼續往前走。「不過這種生活一定會無聊到死吧！」他的喵聲轉為嚴肅，「妳心裡很清楚雷族真正的生活該是怎樣。戰士守則引導我們度過挨餓受凍的難關，得來不易的舒服日子才會顯得更有意義。要有信心，藍星。我們一定會存活下去。」

說完後，他穿過樹林。藍星嘆了一口氣，跟了過去。這隻她幫忙帶大的小貓，已經是個強壯、有智慧的戰士了。

他們沿著森林的邊線穿梭，空氣中飄浮著兩腳獸的臭味。藍星隔著一片陽光閃耀的矮木叢，望向前方兩腳獸的巢穴，不禁又想起了松星。即便祂現在已經與星族為伍，不知道祂是否曾後悔過離開部族的決定？

一團橘色的毛快速閃過她的眼睛，一隻薑黃色的寵物公貓蹲伏在籬笆上，他表現出一臉好奇，他那冬青綠的眼睛緊盯著樹林看。「等等。」藍星用尾巴阻擋白風暴向前。「稍安勿躁。」她不想驚嚇這隻寵物貓。她看著他那沐浴在陽光下的毛像火光般閃爍。

寵物貓的尾巴急速揮動，黑鳥飛出樹林，從他的頭頂低身飛過。這隻公貓蹬起後腿，張開利爪，想一把擒住牠，但就只差了一個頰鬚的距離，眼睜睜讓俯衝而下的黑鳥給飛走了。

「還不賴嘛。」白風暴不禁讚美起來。

寵物貓穩住身體，再次蹲了下來，氣急敗壞地抽動尾巴，急切地找尋下個目標。

「妳在擔心他會對雷族狩獵造成威脅嗎？」白風暴輕聲地問。

「擔心？」藍星重複他的話。她現在可沒有心思擔心。

火將會拯救雷族。

寵物貓轉頭舔身上火紅的毛。他那炯炯有神的眼睛和俐落的身段，以及毛髮蓬起所顯露的那一股野性，讓藍星眼睛為之一亮。

他就跟部族貓沒兩樣。只要把他寵物貓的軟弱習性磨掉的話……

不。

藍星甩甩頭。她到底哪根筋不對？雖然雷族需要新血、新戰士來與其他部族的勢力相抗衡。

但是怎麼可能把一隻寵物貓訓練成戰士？

到了傍晚，雖然藍星和獅心、斑臉分享舌頭，但心裡還是念念不忘那隻火燄色的寵物貓。這是好幾個月來，雷族頭一次可以飽餐一頓，族貓們都很開心，各個吃得肚子暖呼呼的。

「怎麼啦？」斑臉喵聲說。

「什麼？」藍星突然回神過來。

「從妳跟白風暴回來後，就一直盯著樹林看。」

「呃，沒事。」藍星站起身。說不定斑葉可以幫她的忙，哪怕只是叫她別那麼鼠腦袋也好。她穿過微涼的蕨葉隧道，看到斑葉正在空地撕草藥，藉著昏黃的天光，瞇著眼睛，檢查腳下的葉片。

「妳吃過了嗎？」藍星問。

「等工作做完後，我就馬上去吃。」斑葉要她別擔心。她頭抬都沒抬，只顧著將草藥撕成碎片，把它們摻入芳草堆中。

藍星坐下來，「我今天看到一隻寵物貓。」她開始說道。

「在雷族地盤裡看到的嗎？」斑葉心不在焉地問。

「在籬笆上。」不知道巫醫會不會認為她瘋了。「他有一股當戰士的氣質。」

斑葉抬起頭，驚訝地瞪大眼睛。「一隻寵物貓？」

「他的毛色就像火焰一樣。」

斑葉眨眨眼，「我懂了。」她表情嚴肅地說：「妳認為他就是那團火焰。」

藍星點點頭。

「妳怎麼證明妳的直覺是對的？」

「我會先叫灰掌跟蹤他一陣子，觀察他到底有多少本事。然後決定他是不是可以成為部族貓。」她的腳開始興奮地顫動起來，她已經好久沒有過這種感覺了。「要是他有這個潛力的話，我就會邀請他加入雷族。」

斑葉放下腳邊的草藥，走上前，緊靠藍星，她的鼻息溫暖族長的耳朵。「他將會通過妳所有的考驗，妳會讓他加入雷族，他也肯定不會讓妳失望。不過事情沒有這麼簡單，妳還得帶領雷族走過前所未有的艱難時刻。」

她退後一步，緊蹦的眼神瞬間變得柔和。「願星族永遠照亮妳的道路。」她輕聲說。

雪毛的氣味伴著藥草的淡淡香氣，圍繞在藍星四周。「喔，祂們永遠都會。」她輕聲說。

她想像著那英勇的薑黃色寵物貓坐在兩腳獸和雷族邊界的畫面，喉嚨不由地發出一聲深沉的呼嚕。

你說的沒錯，鵝羽。一團火焰終將燃過森林。

國家圖書館出版品預行編目資料

藍星的預言 / 艾琳．杭特（Erin Hunter）著；高子梅、羅金純 譯. -- 初版. -- 台中市；晨星
2010. 07
面；公分. --（貓戰士外傳；1）（貓戰士；25）
譯自：Bluestar's Prophecy
ISBN 978-986-177-392-6（平裝）

874.59　　99009748

貓戰士外傳之I Warriors Super Edition

藍星的預言 Bluestar's Prophecy

作者	艾琳．杭特（Erin Hunter）
譯者	高子梅、羅金純
責任編輯	謝宜真
協力編輯	郭玟君、陳品蓉、呂曉婕、陳涵紀
校對	葉孟慈、呂曉婕、謝宜真
美術編輯	張蘊方
封面插圖	萬伯
封面設計	Sharon陳
創辦人	陳銘民
發行所	晨星出版有限公司 407台中市西屯區工業30路1號1樓 TEL：04-23595820　FAX：04-23550581 行政院新聞局局版台業字第2500號
法律顧問	陳思成律師
初版	西元2010年07月31日
再版	西元2023年03月15日（十六刷）
讀者訂購專線	TEL：（02）23672044 /（04）23595819#212
讀者傳真專線	FAX：（02）23635741 /（04）23595493
讀者專用信箱	service@morningstar.com.tw
網路書店	https://www.morningstar.com.tw
郵政劃撥	15060393（知己圖書股份有限公司）
印刷	上好印刷股份有限公司

定價430元

（缺頁或破損的書，請寄回更換）

ISBN 978-986-177-392-6

□ 我已經是會員，卡號 ______________________

□ 我不是會員，我要加入貓戰士會員

姓　名：__________________ 性　別：________ 生　日：________________

e-mail：____

地　址：□□□ ________ 縣／市 ________ 鄉／鎮／市／區 ________ 路／街

________ 段 ______ 巷 ______ 弄 ______ 號 ______ 樓／室

電　話：____

我要收到貓戰士最新消息　□要　□不要

我要成為晨星出版官網會員　□要　□不要

貓戰士鐵製鉛筆盒抽獎活動

貓戰士外傳之一（上）、（下）冊已附贈２個貓戰士點數貼紙，再蒐集１顆蘋果（點數在蘋果文庫書籍之書條摺口）後寄回，就有機會獲得晨星出版獨家設計「貓戰士鐵製鉛筆盒」１個！

點數黏貼處（已集滿兩點，再蒐集一顆蘋果點數寄回就可以換獎品嘍！）

若有問題，歡迎至官方Line詢問

請填妥後對折裝訂，再貼妥郵票寄出

請黏貼
8 元郵票

407

台中市工業區30路1號

晨星出版有限公司

TEL：（04）23595820　FAX：（04）23550581
e-mail：service@morningstar.com.tw
http://www.morningstar.com.tw

請沿虛線摺下裝訂，謝謝！

加入貓戰士俱樂部

【貓戰士會員優惠】

憑卡號在晨星出版社購書可享優惠、擁有限定商品、還能獲得最新消息等會員福利。

【三方法擇一，加入貓戰士會員】

1. 填妥本張回函，並寄回此回函。
2. 拍照本回函資料，加入官方Line@，再以Line傳送。
3. 掃描後方「線上填寫」QR Code，立即填寫會員資料。

Line ID：
api6044d

「線上填寫」
QR Code

★寄回回函後，因郵寄與處理時間，需2～3週。